L'OFFICIER TRAITANT

ALEXANDRE HOS

ROMAN

ISBN : 978-2-931121-04-7

DÉDICACE

À toi, petit homme, qui rêvais de devenir espion,
le plus noble des métiers de salauds.

Editions de l'APSPIC - Belgique info@aspicpublishing.com

Fichiers originaux créés le 26 octobre 2021 - Dépôt légal.

REMERCIEMENTS

Merci Julia pour toute cette patience. Merci d'y croire parfois malgré moi, aussi.

PROLOGUE
EN VOITURE

Je n'irais pas jusqu'à dire que je suis complètement lessivé, mais ces trois jours et ces deux nuits ont été si intenses que je sens la fatigue m'engloutir des pieds jusqu'à la tête. Seuls mon menton, ma bouche, mes narines, mes oreilles et mon cuir chevelu sont encore à peu près épargnés. Quoique mon cerveau tourne à bas régime. J'ai l'impression d'être un linge que fracasse une vieille lavandière sur un lavoir à grands coups de batte.

Tant de rendez-vous, de visites de stands, de discussions, de séminaires. De mensonges surtout, et de la comédie. Et cette soirée trop arrosée avec ces Coréens du Sud et leurs foutus *geonbaé*[1] qui résonnent encore entre mes tempes. Aïe. J'approche la cinquantaine, ça doit être ça. Ce ne sont plus les événements qui me coûtent, c'est mon corps qui trinque. Il n'y a encore pas si longtemps de cela, j'enchaînais avec facilité les semaines chaotiques et les variations de rythme. Je résistais aux invasions du temps, aux assauts de l'imprévu.

Comme presque chaque année, je viens de participer à ce salon commercial et technologique. Des piges que ça dure. Les technologies ont changé,

---

[1] Tchin !

bien sûr. Moi aussi. Mes premiers interlocuteurs ont vieilli. D'autres sont partis à la retraite. On m'a rapporté hier matin deux décès. Des chouettes gars. Vite remplacés. Il y avait pléthore de petits nouveaux dans les couloirs, mais surtout aux bars. Des gars aux dents longues qui n'ont pas connu la fameuse bulle spéculative où des mioches, à peine sortis des guindailles universitaires, raflaient à l'aide d'un simple PowerPoint des millions de dollars, sans garantie de retour. Tout ça pour créer la nouvelle économie. Ils l'appelaient ça l'économie du lendemain. Oui, comme la pilule. Elle est celle d'aujourd'hui, navrante. Un singulier reflet des autres secteurs, ceux qui déclinent. Elle ne ressemble en rien à ce que les banquiers et les génies en herbe avaient prévu au temps de leur splendeur, quand les actifs pourris sentaient encore le sou neuf. Les marmots de l'Internet qui ont réussi n'ont pas demandé leur reste, eux. Ils ont bifurqué, créé des restaurants ou des franchises. Des retours dans les métiers plus traditionnels, il y en a eu. Les plus écolos élèvent des chèvres sur les plateaux entre l'Aubrac et la Méditerranée. Comme celui que je prétends être, ceux qui n'ont pas su se retirer à temps crapahutent dans les allées du CeBIT[2] dans l'espoir de dénicher de nouveaux clients, un nouveau job ou le partenariat de leur vie.

Le salon a officiellement fermé ses portes voilà quelques minutes, et moi, je suis à la gare de Hanovre où je suis interpellé par l'image que me

---

[2] Salon internationale des nouvelles technologies

renvoie la glace dépolie d'un panneau publicitaire qui vante, sobrement et sur fond noir, les mérites des voitures Volkswagen. Tout cela pendant que l'air du monde entier est vicié par leurs martingales électroniques visant à réduire frauduleusement les émissions polluantes de leurs moteurs. *Das Auto*. Je me décale un peu pour éviter que mon image ne s'enferme dans le logo gris et bleu. Mon reflet, à l'exclusion de celui de mes pieds, rentre picobello dans la tranche droite du panneau. J'y vois un homme de taille moyenne, le regard un peu dur, les cheveux coupés court, le corps recouvert d'un costume sombre et sobre, un imperméable beige clair posé sur l'avant-bras. Son baise-en-ville n'est pas visible, mais j'aperçois l'anse de son sac à dos ceindre son épaule droite. Je ne me trouve pas particulièrement beau. D'ailleurs, les seules fois où j'ai pu croire que j'avais suffisamment de charme, c'était parce qu'on me l'avait dit. Je sais bien, moi, que je ne suis pas James Bond. Et pourtant.

Autour de moi, on s'affole sur le quai numéro huit. Le train ICE3 reliant Hanovre à Aachen sera à l'heure, parole métallique de cheminot. Dans quinze minutes, je serai confortablement installé en première classe. Prêt pour un trajet de quatre heures. Ensuite, il me faudra encore récupérer ma voiture dans l'ancien fief de ce sacré Charlemagne, et puis seulement je filerai vers Bruxelles, si tout va bien. Peut-être serai-je au lit suffisamment tôt que pour être frais et dispo demain matin. Je vous parle, je vous parle et je me parle, mais j'en oublierais presque d'observer mon environnement. Sur la droite du quai, des corps solitaires *encostardés* attendent la même chose que moi : le train. Ils ne me ressemblent pas, mais se ressemblent tous. Enfin, pas tous. Quelques *executive women* se baladent sur un décamètre d'asphalte spongieux, le téléphone à l'oreille, le sourire aux lèvres, les cheveux dérangés par les courants d'air. Elles arpentent la dalle en faisant des allers-retours sans jamais perdre de vue leurs effets personnels laissés sur le banc ou adossés au pylône armé de haut-parleurs.

Sur ma gauche et jusqu'au trou noir situé en bout de quai, des dizaines de mètres de voies s'étalent. Derrière moi, deux jeunes Juifs – ils portent la kippa de travers et sans fierté – attendent sans doute de quitter le pays que leurs ancêtres ont fui, souvent par transport ferroviaire, d'ailleurs. Oui, je sais, c'est très mal de parler comme ça. Mais je peux me le permettre, moi ! Je ne pratique pas la religion, en tout cas ni férocement ni aveuglément, mais je parle encore hébreu parfois avec l'oncle Jeff. Je ressens toujours ce sentiment étrange et idiot lorsque je vois un Juif en Allemagne. Allez savoir pourquoi ! Plus de soixante-dix ans après. L'envie de me griller une cigarette me prend. Ici, en plein air, c'est encore autorisé.

J'aimerais bien faire semblant de penser un peu au boulot. Être dans mon rôle et passer en revue le déroulé des trois derniers jours : contacts intéressants, présentations prometteuses et futurs « nouveaux amis ». Mais quelque chose dans le décor immédiat ne me convient pas.

Je ne suis pas peureux, et côté vie, on ne peut pas dire que j'ai peur de la perdre. Je ne suis presque plus attendu nulle part. Sans enfant, sans compagne régulière, avec une mère en retraite au soleil et sans autre famille que mon vieil oncle Jeff, je ne manquerais pas à grand monde. Je peux quand même dire que je me manquerai, c'est déjà ça, peu importe l'heure. Cependant, ce n'est pas pour autant que la mort m'effraie, même si les attentats et les flots de menaces qui pèsent sur notre société mollassonne sont désormais des risques avec lesquels nous devons tous vivre. Au même titre que les accidents de la route. On a beaucoup perdu à ne plus être menacés par les guerres sur nos sols européens. Finalement, la guerre froide avait du bon, croyez-moi.

Départ dans dix minutes, un peu moins. Concentré, je tire sur ma clope comme un Sénégalais. Une longue taffe envahit ma gorge et se love dans mes poumons en virevoltant. Deux ou trois personnes me regardent avec cet air désopilant qu'ont les non-fumeurs depuis qu'il faut se planquer avec les autres junkies pour se goudronner les alvéoles. Ces ayatollahs de l'air pur ne sont pas allemands, je suis prêt à le parier. Je décide de laisser tomber, m'agenouille et fouille la poche latérale de mon baise-en-ville. Mon compagnon de voyage habituel est bien là : mon *Simplicissimus l'aventurier*, ouvrage de Grimmelshausen, ma référence.

Je me relève et suis de moins en moins à l'aise.

Rien pourtant n'est directement inquiétant dans mon champ de vision, ni de près ni de loin. Les trains arrivent et repartent. Les autres quais se remplissent ou se vident de voyageurs, comme des marées assidues. Je cherche ce détail, celui qui tarabuste mon sixième sens. Ce n'est pas cette superbe trentenaire montée sur talons hauts, sa jupe fuselée comme un SS-20 et ses cheveux auburn. Elle n'est dangereuse que pour mon ego, en cas de refus. On pourrait croire que c'est pour cela que je ne l'aborde pas, même du regard.

Je coudoie quarante-sept personnes, dont cinq femmes. À l'exception des hôtesses du salon professionnel qui vient de s'achever, on doit atteindre la proportion exacte de représentation féminine dans les métiers de l'IT, information et télécommunication. En tout cas, celles qu'on montre, je ne compte pas les développeuses. À l'instar de leurs homologues masculins, elles ne sont déjà plus humaines. *L'Homo clavicus*, c'est l'avenir.

Quelque chose cloche dans le décor, un imperceptible petit quelque chose déclenche une de mes alarmes. J'ai vécu à l'étranger, parfois au milieu des bombes. J'ai l'œil pour ces choses-là. Je me demande si ce ne sont pas les deux jeunes Juifs isolés qui excitent mon angoisse, ce rabiot de vigilance. Et soudainement, je comprends. Le reichsmark me tombe.

Ils sont accoudés à une petite rambarde, la nuque plongée vers l'arrière, le bassin en avant. Ils discutent, discrètement, religieusement. Le blond a la manie de repositionner sa kippa à chaque fois qu'il dit oui. L'autre, gracile, les cheveux noirs, a l'air d'être le plus sage des deux. Son corps ne bouge pas beaucoup, il ne regarde pas son interlocuteur, mais oscille du chef de temps en temps. Cinq minutes. Ma cigarette est terminée. Machinalement, d'une chiquenaude, je propulse le mégot sur la voie. Les deux autres touristes *Nicorette* me flinguent à nouveau du regard. Fatigué, en mode « pas de provocation », je tourne la tête vers les deux jeunes quand, tout à coup, la menace devient danger. Alors que tout s'accélère autour de moi, je branche le ralenti sur la scène. Moi, je reste à vitesse normale, et je me prépare. Les habitudes m'aident. Tant de gestes répétés pour presque autant de bobos, jusqu'à ce que le réflexe devienne la norme.

Quatre jeunes gens d'aspect caucasien ont disparu du paysage. Ils étaient sur le quai d'en face, et je dois avouer que je ne les ai pas trop calculés jusqu'à ce qu'ils déboulent sur notre quai après avoir remonté l'escalier près duquel les deux jeunes Juifs et leurs bagages de routards sont posés. Quatre gars de taille similaire, à la coupe de cheveux identique, martiale, je dirais même réglementaire. Tout va très vite dans mon cerveau. Le look des gars m'aide à les catégoriser. Chaussures montantes, jeans étroits, vestes en denim sombre. Ils portent le front haut, comme s'ils cherchaient à imiter la parade d'un bankiva en plein gallodrome.

Je me déplace en laissant derrière moi mon bagage principal et mon imper qui le recouvre. À quinze mètres de moi, la première kippa vole. Je me hâte tout en enfilant l'autre anse de mon sac à dos qui contient mes effets sensibles : ordinateur, portefeuille, billets de transport et aussi mon *schlass*, mon fidèle petit couteau Böker à lame rétractable.

Cinq mètres, un des quatre skins monte la garde. Les trois autres frappent. Ils frappent fort. Ils tabassent, abîment, administrent et castagnent. À chacun le sien pour les plus hargneux, le troisième tape, presque au hasard, dans le dos des victimes. Un adepte du jokari. Les kippas sont piétinées. Plus que deux mètres. J'entends *juden* décliné à toutes les sauces. Je passe sur le côté de celui qui fait le guet. Stupéfait de voir un gars de quarante-neuf ans déguisé en consultant qui avance bille en tête, il recule. Je finis d'enlever ma cravate avec ma main gauche quand je lui envoie un coup de coude dans le maxillaire droit. Je le contourne, empoigne la cravate, lui balance la tranche du pied derrière le genou pour l'affaiblir et lui garrotte le cou à l'endroit précis où la pomme d'Adam est la plus protubérante. Collé à celui que j'appelle Dieter dans ma tête – il faut toujours donner un nom rigolo et de circonstance à son agresseur –, je tourne sur nous-mêmes, nous valsons, et présente aux trois autres la face rougeâtre qui ne va pas tarder à bleuir si je ne lâche pas prise. Je dis avec beaucoup de calme et d'assurance, sans être essoufflé, en français puis en anglais : « Vous lâchez mes *juden potes*, vous vous barrez et quand je ne verrai plus vos faces de rat, je libère votre copine. OK ? *Verstanden* ? » C'est l'un des seuls mot de la langue de Goethe que j'aie jamais retenu.

Sur le quai, tout le monde se tait. Personne n'a bougé. Le train est annoncé par une voix calme et cristalline, c'est peut-être pour ça. Les deux garçons bottent le cul du fuyant Dieter que je viens de relâcher parce que Helmut, Günther et Rudolf – les courageux – sont déjà loin. On a beau avoir des gènes de la Blitzkrieg, on n'en est pas moins dépositaire de la Grande Débâcle. Dont acte.

∴

J'ai eu un mal de chien à me séparer d'Aviv et de Shlomo. Heureusement pour moi, j'ai senti l'affaire venir, j'ai évité de leur parler hébreu. J'ai eu raison. Ils voyagent en seconde classe et je ne me voyais pas me taper la litanie des villages israéliens et des kibboutzim qu'ils connaissent. De plus, l'idée de leur parler de mes expériences israéliennes m'indisposait. Je n'aime pas mentir quand cela n'est pas nécessaire. Bref, l'avenir immédiat m'a conforté dans mon choix, car Aviv, à quelques voitures de moi, vient de me demander en ami sur Facebook. Comme je suis poli, et comme mon stock de cartes de visite pour cette opération commerciale allemande n'est pas encore épuisé, je leur ai laissé mes coordonnées. Je repose mon smartphone et tape au hasard dans mon *Simplicissimus*, page cent quatre-vingt-douze : « Voyez comment les choses arrivent : sur les uns le bonheur tombe graduellement, sur les autres il s'abat comme une masse. » Je suis veinard et je ne pense plus qu'à m'endormir.

Même en bon Français, on ne peut le nier, les

trains ICE3 allemands sont hyper rapides. Question confort, en première classe, les places sont larges, le velvet insonorise le compartiment, même à grande vitesse, et l'on peut allonger les jambes, y compris sur les sièges quatuor. En revanche, côté couleurs, la rame dans laquelle je me trouve se morfond dans un marron douteux bercé d'un corail défraîchi que le bois brut façon Ikea des tables ne relève pas. Je comprends mieux les pillages des musées nationaux au siècle précédent. L'art s'importe quand on en manque.

Curieux, je referme mon Grimmelshausen et déverrouille l'écran de mon iPhone. J'ai pourtant comme unique objectif de fermer les yeux. Il me reste plus de trois heures de train, une canette de bière vierge encore fraîche et un fond de café dans un gobelet hermétique *Starbucks*. Mon envie de lire a disparu, l'endormissement qui me fait tant envie est inatteignable. Lancé à près de trois cents kilomètres à l'heure, j'hésite à m'adonner à ce rituel concon quand je ne parviens pas à dormir chez moi : le nettoyage numérique. Il faut bien tuer le temps, sinon c'est lui qui s'en charge.

Bien que féru de technologies, presque *geek* par nécessité, je n'utilise que peu les réseaux sociaux. Mais comme le dit le boss de la Direction technique chez nous, l'absence de présence sur ces derniers se remarque autant qu'une omniprésence ou qu'une surabondance de posts. C'est la raison pour laquelle j'ai opté pour la panoplie de base : Facebook, Twitter, Instagram, et LinkedIn bien sûr pour le côté pro. Juste ce qu'il faut. Pas trop d'informations, peu de commentaires. Je déteste la suspicion, j'abomine d'apparaître sur les radars sans l'avoir décidé. Je ne possède qu'une trentaine d'amis virtuels, LinkedIn mis à part. Pour la plupart d'entre eux, ils sont reliés à mon enfance. Côté collègues, je n'accepte que les relations sur LinkedIn, et encore, je filtre. Dans mon métier, tempérance est mère de clergesse. Je fais donc preuve d'une présence digitale calculée et maîtrisée. Vous allez me dire : quel rapport avec cette manie du nettoyage numérique en pleine nuit ? J'y viens.

Régulièrement, j'efface certaines choses relayées ou likées. Je ne poste presque rien. Seulement, je me rends compte que je peine à sabrer les échanges de messages. C'est un tort, peut-être ! À quoi bon conserver ces historiques de conversations ? À rien ! C'est la raison pour laquelle, engoncé dans le fauteuil de cet ICE3 qui file vers la Rhénanie-du-Nord-Westphalie, je m'attelle à expurger ma vie numérisée.

∴

C'est ici que tout commence, alors que je découvre qu'il ne faut pas nécessairement compter parmi les amis Facebook de quelqu'un pour pouvoir lui envoyer un message sur Facebook. Ces messages sont stockés sous un onglet intitulé « invitations par message ». Jamais auparavant je ne me suis rendu compte de cela. C'est une découverte. J'y lis un florilège de conneries et de demandes d'amitié les plus loufoques les unes que les autres. Entre Cassandra Machinchose qui me propose d'aller visiter son site pour voir des photos d'elle « exclusives » et à poil, ou encore Jimmy Lee qui cherche la sœur que je n'ai pas, les propositions me font sourire. C'est dingue le nombre de personnes qui veulent me parler et entrer en relation avec moi. Je sais bien que j'ai un nom de famille historique et célèbre, mais quand même.

Après avoir effacé, je ne sais pas moi, environ vingt messages inopportuns, un certain Ilan Lichtman me souhaite un bon Kippour. Lichtman ? Lichtman ? Ça me parle. Mais point d'Ilan Lichtman au tableau de ma mémoire qui est pourtant excellente depuis toujours. Je décide de fermer les yeux. Je réfléchis. Je remets mon corps droit dans le fauteuil. Je connais un Lichtman, oui, bien sûr ! Pour être précis, j'en ai connu un. Mais son nom de famille n'a jamais beaucoup compté.

Hag Sameah . Salut, Sacha. Ainsi commence le message. *Tu te souviens de moi ? Teddy ! Teddy Lichtman.* Ce nom ressort du passé comme une bombe à l'explosif instable dans un champ agricole en pleine Flandre orientale. *Je te souhaite un bon Kippour. Cela me ferait grand plaisir d'avoir de tes nouvelles. À bientôt. Teddy.* Je suis scotché. Je siffle le reste du café froid, regarde la date sur le téléphone, me rends sur Google pour vérifier le calendrier du dernier Kippour. Du huit au neuf octobre. Le message date du dix. Six mois ont passé depuis.

Sur le profil Facebook au nom d'Ilan Lichtman, je ne découvre rien qui étanche ma curiosité. Une photo un peu trouble, figée dans un temps inconnu de moi. Il ne partage aucune information : aucun ami, aucune publication, même pas ses abonnements. Tout au plus, la photo de lui, assis sur une moto, est commentée. Un prénommé André le trouve à son goût, Teddy s'est fendu d'un cœur en *émoji* pour unique réponse.

Je suis dans ce train qui me rapproche de la frontière belge, pays où je suis en poste. Le train file. Il file aussi vite que ma vie. Nous traversons une agglomération et les lueurs de la ville transforment la vitre auprès de laquelle je suis assis en miroir. Il me reste plus de deux heures trente de train. Cent soixante minutes pour me souvenir de ce qui a failli démarrer presque trente ans plus tôt. Mon visage a vieilli, mais mes yeux sont restés les mêmes. J'ai les mêmes longs cils qui donnent à mon regard céladon cette douceur que l'épaisseur de mes sourcils lui ôte. Teddy Lichtman est de retour.

∴

CHAPITRE I
LA PISCINE

« Le train IC à destination de Bruxelles est annoncé à la voie numéro trois. » Le sol du wagon était recouvert d'un balatum aux couleurs et motifs douteux. C'était à se demander si les acheteurs de la SNCB, la Société nationale des chemins de fer belges, n'avaient pas contraint le fournisseur à équiper, de série, les rames avec un revêtement imitation « sale ». Ne parlons pas des cendriers en fer-blanc recouverts, même après nettoyage à la vapeur, d'une épaisse couche de nicotine brunâtre qui n'était pas sans rappeler les couleurs des murs de l'intérieur de la gare de Mons. Moi, Sacha Lebel, vingt et un ans, je venais de quitter le train, et j'arpentais les escaliers menant au hall principal dans le brouhaha et la cohue des sacs traînés marche après marche, des essoufflements et des crissements de rails lointains. Chaque marche était un supplice oculaire, une insulte à l'éventail Pantone. De petits carreaux *autumn maple* coudoyaient d'improbables losanges *cooper* traversés par des lignes *marsala*, elles-mêmes mouchetées d'un *gris souris* à faire pleurer un chat. Sur les arêtes, une bande antidérapante de caoutchouc noir à bulles offrait l'assurance d'un passage moins glissant pour les vieux et les impotents.

Je détestais cette gare. Il paraît que de nos jours, elle est bien plus accueillante. Que des efforts ont été faits, et que de gros investissements ont été consentis pour améliorer, transformer les extérieurs. On dit aussi que cela fait plus propre. Personnellement, j'ai toujours trouvé normal que les gares soient plus dégueulasses et malodorantes que les aéroports à la décoration minimaliste, aseptisés et propres. Après tout, il ne se passe pas les mêmes drames dans les gares que dans les aérodromes. On ne prend pas l'avion de la même manière que l'on prend un train, sauf excentricités et rares exceptions. Les raisons de s'y rendre sont différentes.

Tiens, vous imaginez, vous, Geneviève[3] dire au revoir à Guy sur le tarmac de la piste d'envol, devant un 727 à la carlingue brillante et aux réacteurs rugissants ? *Mais je ne pourrai jamais vivre sans toi.* Tiens, ou encore Delon et Romy se retrouvant sur le vieux droit quai de la gare de Thiers avant de commencer le tournage de *La Piscine* ? *Vous êtes vous-même ému en tenant ce micro !* Allons, donc ! Les choses doivent rester à leur place. Le changement pour le changement, c'est non. Et comme disait Burnier ou Rambaud : quand il est nécessaire de changer, il est nécessaire de ne pas changer.

J'ai toujours, je crois, été un peu réfractaire au changement. Pour l'heure, nous sommes en 1991, les abords de la gare de Mons sont toujours aussi crasseux, la population de jour se hâte pour aller au turbin et la faune de nuit rentre chez elle où elle

[3] Référence au film de Jacques Demy, *Les Parapluies de Cherbourg.*

attend, tapie dans l'ombre, qu'un nouveau monde glauque, cosmopolite et gris renaisse comme à chaque nouveau couchant.

J'ai pris le train plus tôt, en gare de Lille Flandres. C'est mon père, Stan, qui m'y a conduit. Comme tous les lundis matin de l'année scolaire, il me dépose. Enfin, quand je dis qu'il me dépose, il faut que je sois précis. Il parque la voiture pendant que je trouve une place en terrasse face à l'entrée principale de la gare, s'il ne pleut pas. Sinon, j'essaie de trouver une banquette intérieure libre. Puis, il me rejoint, on boit un café ou deux, il survole l'édition du jour de *La Voix du Nord* sans vraiment me quitter du regard, et nous fumons quelques clopes. En ce matin d'avril, il devait faire beau, je crois. Les mini-jupes étaient de sortie, mon envie d'aller voir dessous, aussi.

Il était passé huit heures de vingt minutes. Mon sac de voyage me pesait, raison pour laquelle j'avais décidé d'abord de me rendre chez moi avant d'aller en cours. Je n'empruntai pas le chemin le plus court, car il était morose. L'itinéraire « Gris », comme je l'avais baptisé, longeait la ceinture routière à sens unique encerclant la ville. En Belgique, ils appellent ça un *ring*. Il me fallait d'abord passer par un tunnel piétonnier, un vrai coupe-gorge dans lequel j'avais déjà eu l'occasion de sortir mon Opinel et d'administrer quelques coups de tête. Ensuivant, sur la droite, l'immense bâtiment de la prison ternissait un peu plus le paysage et annihilait toute intention de liberté pour quelques dizaines de mètres. En revanche, l'itinéraire que j'appelais « Mercure » était plus vivant. D'abord une petite rue commerçante. Puis, quelques vitrines où des putes se déloquaient, racolaient, appâtaient le chaland, bref turbinaient. Puis, juste avant la statue de Mercure et ses promesses de commerce florissant, il suffisait de remonter une ruelle pour débouler sur la Grand-Place, l'agora suprême où étaient érigés des temples à libations. Les bistros.

J'avais mes petites habitudes. Même le sac de voyage gavé de bouquins en bandoulière, rien ne pouvait m'empêcher de m'arrêter pour attraper le journal des turfistes au *Ladbroke*, demander le programme du cinéma d'art et essai et boire un petit café à *La Véranda*. Après quoi, je descendais alors la rue de Nimy, traversais les boulevards sur les passages pour piétons, m'arrêtais au *Saloon* pour descendre la première bière de la semaine. Sentier « Gris » ou « Mercure », peu importe, le *Saloon* était un rite, une sorte de *check-point* aussi.

Ce jour-là, si je me souviens bien, il faisait déjà chaud. Tout, dans cette journée que rien ne prédisposait à devenir extraordinaire, est pourtant gravé dans ma mémoire. Et ce n'était ni ce matin-là que j'avais décidé de cela, ni le soir, ni même encore le jour d'après, non ! C'était bien plus tard, car un événement particulier allait me faire revivre cette journée des dizaines de fois tout en me posant sempiternellement les mêmes questions. À l'heure où je vous raconte cette histoire, il m'arrive encore de chercher les causes de ces coïncidences, même dans les astres. Cette journée a bouleversé ma vie et l'a mise sur des rails improbables alors.

La première bière terminée, ses deux cadettes aussi, je dépassai le billard pour sortir. Un solide gaillard, un gars originaire du Luxembourg, répondant au prénom Christophe, mais que tout le monde appelait Strim, m'interpella, la main plaquée sur mon torse en envoyant valdinguer vers l'arrière ses longs cheveux qui lui donnaient un faux air de Kurt Cobain. Le gras en plus.

— Salut, Sacha. On se prend une bière, vite fait ?

— Euh, non, merci, Strim. J'ai cours dans trente minutes, répondis-je.

— Un petit billard, allez ! Si tu gagnes, tu files à ton cours, si je gagne, on s'casse à la mer toute la journée. Tequila à gogo, mec.

— OK, abdiquai-je sans combattre.

J'étais loin d'être un tire-au-flanc, et l'idée de gâcher ma vie en désertant mes responsabilités m'était inconnue, mais Strim était persuasif. Il l'était tellement que j'adorais relever ses defis et lui prouver qu'il avait tort. Aujourd'hui, il travaille dans l'Éducation nationale. Lorsque me vient l'idée, comme en ce moment dans ce train entre Hanovre et Aachen, de lister mes amis sur Facebook et que je tombe sur son profil, cela me fait sourire. Strim en surveillant des dortoirs. En matière d'école buissonnière, il a eu le doctorat, et avec mention pour nos travaux pratiques communs.

Cela n'avait pas duré plus de dix minutes. Le coupe-vent Chevignon encore sur le dos, les lunettes Vuarnet en serre-tête, je le pilonnai au score. Le marbre sous le tapis vert avait chauffé. J'étais quitte pour suivre mon cours préféré : linguistique romane. Mais avant tout, il me fallait déposer mon baluchon. Là aussi, des obstacles se dressaient sur ma route. Le logement d'étudiants, le kot, où je vivais, comptait huit chambres. Cinq filles, trois garçons, dont deux homos. Le retour de week-end était propice au papotage. Même si plusieurs d'entre eux arrivaient dès le dimanche soir, personne n'allait en cours le lundi matin. Sandrine et moi étions l'exception. La jolie Sandrine. Cela ne loupa pas ! Encore un café avec les autres à écouter les malheurs des uns, les aventures sexuelles de Nicolas, les expériences toxicologiques de notre étudiante en pharmacie, et la définition des tâches ménagères de la semaine.

Finalement, j'arrivai presque avec fracas et une bonne dose d'indolence dans la salle de travaux dirigés. Mon entrée plongea l'amphithéâtre dans un silence monacal. Élève en quatrième année – j'ai toujours été très précoce –, j'avais oublié ma charge d'assistant pour le cours des première année. Le professeur en titre me dévisagea et je présageai dans son regard la future détresse de mon oral suivant, en juin. Ce jour-là malgré lui, cet érudit embastillé dans le savoir et dans la tâche contribua à mettre fin à ma carrière d'assistant et donc de professeur en devenir. Mais ça, c'est une autre histoire. Je vous entends venir, avec vos gros sabots et la question que certains d'entre vous se posent : que fiche-t-il, soi-disant dans l'IT, équipé d'une licence en histoire avec une spécialisation dans la littérature de guerre ? C'est ce que nous allons voir, patience. Tout semble avoir commencé en ce jour chaud d'avril 1991.

∴

Vers dix-huit heures, le ciel vira au gris. Je venais de sortir du kot où la belle Sandrine et moi avions échangé la tendresse dont nous manquions. C'était une sorte de pacte. Si l'un de nous sentait poindre une pouillerie d'affection, et si l'autre était présent, il suffisait de le dire. Aucune plaidoirie, aucun rempart. Les mains encore pleines de l'odeur de sa peau et le goût de son haleine dans les joues, j'avançai dans le souvenir de cette étreinte silencieuse exempte de fioritures et d'apparats amoureux. Je ne sais pas si ce fut la pluie qui m'obligea à m'engouffrer dans la cabine téléphonique du coin de la rue, mais je ressentis une envie tenace de parler à Charlie, ma mère. D'aussi loin qu'il me revienne, je crois que je ne l'ai jamais appelée maman. Bobos avant l'heure, ce couple de décomplexés, soixante-huitards à retardement, a été de tous les combats anticonformistes. Allant jusqu'à repenser le modèle parental, faisant de moi leur ami. Un décalage d'ovaire qui me rendit souvent plus sage qu'eux.

— Tu es bien arrivé ? me demanda-t-elle.

— Oui, oui.

— Ton père n'a pas bu trop de café, ce matin, au moins ? Je le trouve nerveux.

— Non, non.

— Que vas-tu faire ce soir ? Sortir avec tes amis ?

— Non, je vais nager.

— Nager… toujours nager. Dis-moi, quand vas-tu enfin inviter la fille des Kowalski à dîner, hein ? Elle t'attend, tu sais. Elle loge pas trop loin de chez toi.

— Charlie, faut que je te laisse. La piscine fait une nocturne ce soir.

— Bon, ben… Salut, Poussin.

C'était tout ! Entendre sa voix rassurante m'avait fait plaisir. Puis, elle avait failli tout gâcher avec cette insistance à me faire flirter avec Natacha, dite Nana. Une Lilloise à forte poitrine, bien sous tous rapports, de bonne famille, et bla-bla-bli et bla-bla-bla. Somme toute, ma vie n'était pas compliquée, elle demeurait néanmoins complexe. Bourré d'interdits, d'inhibitions et de conflits de valeurs, je jonglais avec les attentes de mes parents, mes envies et toutes les pressions sociales exercées sur un jeune étudiant comprenant que le monde dans lequel il allait vivre n'avait rien d'un sentier agreste en bordure duquel poussent opportunités et bonheurs variés. J'avais dans l'idée que l'eau avait le pouvoir de me laver prématurément de tout ça, alors je ne laissais jamais passer une occasion de nager.

Le type derrière moi, ultra mouillé par la pluie d'avril, tapa à la vitre de la cabine téléphonique. « T'as fini ? » me demanda-t-il. Et moi, de récupérer ma carte téléphonique et mon portefeuille déposé sur la petite tablette en bakélite, laissant le bottin déchiré dans un état encore plus piteux qu'à mon arrivée. Fiévreux, j'y avais griffonné plusieurs fois Sandrine. *Cette fille me chauffe les sangs.*

Je me revois encore courir sous la drache dans les rues désertes et aqueuses. Je sens encore les effluves de la pluie qui se fracasse sur le béton encore chaud. J'entends rebondir les gouttes. Quinze minutes me séparent de la piscine communale où je m'entraîne régulièrement. Parfois, je m'y rends pour faire du sport, parfois j'y fonce pour simplement être ailleurs, pour entrer plus en moi, pour m'isoler de ce monde que je ne comprends que trop bien. Je pensais que l'Histoire était un refuge, un endroit où l'on peut se perdre et oublier la réalité, mais c'était faux. L'Histoire charrie tout et nous ramène inlassablement sur les rives de nos vies. Parfois vaticinatrice, elle nous souffle l'avenir et prophétise les vicissitudes ! La scoumoune d'autrefois a le même goût que celle d'aujourd'hui. Le débit est juste un peu plus fort que naguère.

Fini de penser, de me plaindre. Dehors, l'air était lourd, gorgé d'eau, mais ce n'était rien en comparaison de celui du hall de la piscine. L'odeur de chlore, l'humidité et l'air chauffé par les sèche-cheveux muraux, il me fallut, comme toujours, un léger temps d'adaptation. Je frisais la syncope et déposai mon sac devant le guichet, décochai mon plus beau sourire au cerbère femelle qui me faisait face et je lui présentai ma carte d'abonnement plastifiée. « Encore vous ? »

Les souvenirs se font plus précis. Les détails se comptent en secondes. Dans quelques minutes, l'eau. Je passe par les vestiaires, regarde autour de moi, me grouille d'enlever mes sapes, les fourre n'importe comment dans le havresac siglé Benetton et m'assure que le sol n'est pas trop glissant. Ça va.

Une fois les deux élastiques bien serrés, et les lunettes enfoncées sur les orbites, je deviens un autre. Aujourd'hui, comme à l'époque, lorsque je me transforme en homme-poisson, si les nageoires ne me poussent pas sur le dos et sur les flancs, j'ai par contre le même mode de fonctionnement qu'un mammifère marin : ce qui m'intéresse est dans l'eau, je ne remonte que pour respirer. Certes, je le fais plus souvent qu'un dauphin, et mes plongées sont moins profondes, surtout en mer. Le monde se fait alors silence, plus rien ne compte, sauf ce besoin d'exonder mon corps pour continuer à vivre.

Vingt-cinq mètres. Le « grand » bassin est plus petit que ceux où je m'entraînais gamin. Pile la moitié des allées bleues marquées de longues lignes noires se terminant en T dans lesquelles j'ai tracé tant de sillons. D'ailleurs, cela fait trois ans que je pourfends plusieurs fois par semaine les eaux de cette petite piscine de quartier. Il y a bien un tepidarium universitaire qui répond aux normes olympiques, mais il est moins familial, trop sportif, spartiate. Et du haut de mes vingt et un ans, ce n'est plus ce que je recherche. Je m'isole bien sûr, comme avant, lorsque je me préparais aux compétitions. Mais depuis peu, je trouve cela plus *fun* de rentrer en soi dans l'agitation des autres plutôt que de le faire, mécaniquement, au diapason des nageurs des autres lignes. Les cris d'enfants, les coups de sifflet du maître-nageur, les fesses fermes des jeunes filles et les seins lourds des jolies mamans sont autant de raisons de se concentrer, de revenir à soi. *Débranche, revenons à nous.*

Cent longueurs me séparent du début de ma séance lorsque je croise son regard. Je suis dans les derniers mètres de mon entraînement à n'être que moi-même. Cent dix, c'est toujours le même chiffre. Encore quatre, cinq coups d'œil, il a toujours le même sourire. Il respire la bienveillance. C'est la raison pour laquelle je ne me pose pas de questions sur ses intentions sexuelles, pas à ce moment-là en tout cas. Trois, on se croise à nouveau. Il insiste. Deux, j'abdique devant le bleu profond de ses yeux. Ma nage se désynchronise. Je ralentis et m'échoue sur le rebord cannelé de la grande profondeur. J'immerge le bas de mon visage pour sentir encore un peu le remous de l'eau qui tacle mon nez.

Le corps saturé d'acide lactique, je finis par sortir de l'eau. Il est passé vingt et une heures. Quelques rares baigneurs filent encore entre les bords. Quelques-uns discutent du côté de la petite profondeur, les plus timides ne sortent même pas le buste de l'eau. Deux jeunes filles me regardent. C'est tout, pour les ablutions.

Le type m'a suivi jusqu'au vestiaire, j'en suis certain. Il a cherché à accrocher mon regard, plusieurs fois. La température de mon corps chute, je me hâte et m'habille en silence. Parfois, je m'arrête pour écouter les bruits venant des autres cabines. Je suis presque certain qu'il est venu s'installer dans celle qui jouxte la mienne, convaincu qu'il maîtrise sa respiration pour ne pas que je l'entende. Un instant, je l'ai aperçu, sortant de l'eau derrière moi. Je finis par me demander si je n'ai pas affaire à un pervers. Toucher le manche de mon Opinel au fond du sac me rassure.

Retour dans le train allemand. Mon visage se reflète toujours dans la vitre. Je vois les stigmates du temps, et je referme les yeux. J'ai chaud.

L'année 1991, toujours. La piscine et cette étrange sensation quand je sors de la cabine, je suis seul pourtant. Tout seul. L'homme aux épaules maculées d'éphélides semble avoir disparu, définitivement.

∴

L'année scolaire suivante était celle de ma thèse. Je préparais une étude comparée sur *L'Art de la Guerre* de Sun Tzu et celui de Machiavel. Le premier tiers représentait la plantation du décor, le contexte. Les auteurs principaux y étaient décrits et leurs œuvres, mêmes mineures ou apocryphes, dépeintes. Aussi, avais-je entrepris de contextualiser leurs écrits, de les replacer dans leur monde, leur réalité. Le deuxième tiers contenait des analyses avec lesquelles je m'étais bien amusé en croisant les conseils de l'un dans l'époque de l'autre, et vice et versa. Enfin, le bloc par lequel j'avais commencé, le troisième tiers, était consacré aux applications modernes de ces vieux traités que certains disaient poussiéreux. Je ramenais ainsi sur la table du débat « l'Histoire est-elle une succession de recommencements ? » l'éternelle question du cycle de la vie, vue sous l'axe des conflits. La guerre, cette occupation majeure qui ne mourra que lorsque l'homme ne sera plus. La politique d'expansion économique de la Chine me paraissait illustrer parfaitement le premier auteur ; la balkanisation, quant à elle, démontrait que les avertissements des dangers du morcellement de Machiavel au Prince qu'il servait n'étaient pas vains.

Je ne m'étais pas engagé dans une cordée universitaire annapurnesque, par vocation et encore moins par ambition. Non ! Si j'en étais arrivé là, c'était à cause de Bob. Robert Banhard. Un fidèle ami de mon père, diplomate de son état, et que les marques de transparence rendaient curieux à mes yeux. Bob, lui aussi, allait jouer un rôle important dans ma vie. Mais, là, je saute des étapes, des micro-faits sans lesquels la réaction atomique de mon explosion intellectuelle n'aurait pas eu lieu. Je n'ambitionnais donc assurément pas de devenir historien. Et pour tout avouer, je pensais ne pas avoir de prédispositions pour ce sujet. Seule la curiosité naturelle dont je faisais preuve était une assez bonne raison pour en arriver là.

J'étais tout simplement séduit ! Voilà pourquoi j'étais entré en fac d'Histoire. Bob qui voyageait, Bob qui contait ses aventures libanaises ou bantoues, Bob qui découvrait, tel un croupier cocangeur, le dessous des cartes, en restant impassible, et surtout sans avoir pris de risques. Il jouissait de parier avec les mains des autres et d'avoir, sur le jeu, une vue d'ensemble unique et imprenable.

Une agrégation d'Histoire – et d'histoires aussi, sans doute – l'avait amené là. Je vous vois venir.

Non, je ne rêvais pas de devenir diplomate ou de travailler dans les coulisses du monde, je vous l'assure. Mais oui, je rêvais d'être Bob. Si j'avais su plus tôt…

Après le collège, l'Histoire était donc devenue ma matière fétiche. Le bac en poche avant l'heure, j'avais décidé d'étudier en Belgique, patrie maternelle, de la bière et de la ripaille.

À la lueur de tout ce que je sais aujourd'hui, alors que mon train file et que Teddy Lichtman est de retour, je me demande quelles autres études aurais-je pu entreprendre ? Teddy serait-il de retour ? L'aurais-je seulement rencontré si j'avais opté, je ne sais pas moi, tiens, pour des études d'architecture ? Bip. Non, mauvaise réponse : trop carré, trop élevé, trop nouveau, pas assez versatile, trop durable aussi. Et des études commerciales ? Ingénieur commercial, pourquoi pas ? Non, pas possible non plus, gros bip. S'enrichir en endettant les autres, très peu pour moi. C'est un truc de voleurs. Ce n'est pas pour rien que Mercure est à la fois le protecteur des chapardeurs et des commerçants. Il en faut, certes, mais c'était et c'est toujours sans moi. Quant à la médecine, aux sciences moléculaires et autres disciplines désireuses de tout expliquer, de tout corriger et de tout modéliser, mon cerveau n'était tout bonnement pas fait pour ça. Il restait les sciences de l'inutile : l'économie et la politique.

Durant le mois juillet précédent, j'avais travaillé chez l'oncle Jeff. Photographe publicitaire de talent et reconnu, ce marchand d'instants figés avait quelques marottes qu'aujourd'hui nous appellerions des TOC. L'une d'entre elles consistait à utiliser des bobines de pellicule de trente-cinq prises de vue, et non trente-six. Pour cela, il avait investi dans une bobineuse. Ainsi, mis à contribution durant les vacances, et contre quelque épaisse monnaie, je descendais dans son antre et bobinais, dans un noir total, des dizaines et des dizaines de pellicules par jour, renflouant son stock. Tel un non-voyant, je travaillais sans ce sens essentiel qu'est la vue. Charlie dit que c'est là que j'ai développé une oreille d'aveugle. Les sons étaient devenus ma canne blanche.

C'était au mois d'août de cette même année, sur une plage du Lavandou, que j'avais pris la décision de faire ma thèse en deux ans. Charlie et Stan ne bronchèrent pas. Les confortables salaires, de comptable pour lui et de psychologue pour elle, avaient mis notre petite famille à l'abri. L'unique héritier que j'étais bénéficiait de tous les privilèges. Pour moi, il s'agissait là de prendre mon temps et surtout de reculer l'échéance de l'entrée dans la vie active. Je devais composer avec l'envie de faire mon service militaire, mais je ne pouvais pas tout avoir. Il me fallait encore attendre avant de nager en binôme le long des côtes de Collioure avec mes frères d'armes. Deux ans, à cet âge-là, ce n'est pas long. C'était dix pour cent de ma vie déjà écoulée. C'est moins de trois pour cent d'une vie entière faite d'ordinaire.

Je démarrai donc cette année académique plus tôt

que mes colocataires. Début septembre, j'étais déjà sur le pied de guerre. À la fin de la première semaine, j'avais refait ma mansarde à neuf : dépoussiérage, peinture, nouvel agencement. Le tout à mes propres frais. Quand Sandrine revint vers le douze, elle fut surprise de retrouver sa chambre nettoyée de fond en comble. Cette chambre dans laquelle nous dormions, la mienne me servant de bureau. Et quand rarement son petit copain avait la bonne idée de la rejoindre pour un jour ou deux, je réintégrais mes pénates, la boule au ventre et l'envie d'aller casser la gueule à ce connard chevillée au corps. En trompant nos amours, nous nous étions trompés, elle et moi.

Le soleil avait été généreux avec la jolie Sandrine. Quelques lentigos solaires donnaient à sa peau comme un camouflage qui faisait se perdre ses yeux dorés dans le décor de son sourire. Très vite, nous nous étions retrouvés allongés sur la courtepointe bleue de velours. À peu près déshabillé, je l'avais pénétrée sans les salutations d'usage. Ça me fait ça aussi quand je rentre chez moi après un long voyage. Je ne prends pas le temps de déposer mes affaires et, souvent la veste encore sur le dos, je m'affale dans mon Barcelona et je m'y effondre, je m'y oublie, je m'y vide sans me soucier de la pile de factures sur la table ou de la température de la pièce.

Dans ce lit à deux places, nous ne faisions qu'un. Et à la séparation des corps, alors que nos souffles haletaient encore de concert, et que nos mains ne pouvaient se résoudre à se désunir, nous restions nus à projeter sur le plafond nos souvenirs d'été.

Singulièrement, je me souviens bien plus des silences de Sandrine que de ses mots. Je peine à me rappeler le timbre de sa voix de l'époque, mais le son de son rire est encore présent, coincé dans le colimaçon. Quant à ses cheveux blonds, à leur texture et à leur parfum, c'est comme si c'était hier. Idem pour la peau. Peut-être s'est-elle flétrie ? Sur les photos Facebook, elle ne semble pas avoir pris de poids. Je connais encore les rugosités des ligaments, l'érosion des trochlées, la douceur des endroits où le derme est peu sollicité, où les frottements sont rares. Si je tends mes mains dans le vide, devant moi, elles se souviennent de la taille des petits seins en forme de poire. Certaines de mes cellules ont encore la mémoire des siennes.

Depuis que j'étais revenu en bordure de cité montoise, j'avais repris ma cadence aquatique. Trois fois par semaine, je m'y précipitais. Plus jamais je n'avais aperçu le jeune homme qui me souriait à chaque abordage l'année précédente. Je m'étais fait une raison et me sentais à nouveau en sécurité. Comme Bob me l'avait un jour enseigné, je pris plusieurs itinéraires différents pour me rendre à la piscine et faisais de même lorsque je rentrais chez moi. Lui, quand il vivait à Beyrouth, au début des années phalangistes, il prenait chaque soir un nouvel itinéraire, à des heures différentes, pour rentrer chez lui. Comme lui, je faisais quelques détours, m'arrêtais çà et là. Une bière ici, avec Picon là.

Le quatorze en fin de soirée, tout se déclencha. J'avais nagé plus que de raison, et je fonctionnais au sonar. Mes jambes, je ne les sentais plus, tout juste parvenaient-elles à me porter. Mes épaules étaient endolories comme des chevilles trop longtemps écrasées par une assise en tailleur. Elles picotaient. Mes yeux suintaient le chlore malgré les lunettes. Mes doigts n'avaient plus de force de préhension et leur peau était tellement flétrie qu'une comparaison palmaire m'aurait donné gagnant au roi de l'effraction. Mes tympans décompressaient à leur rythme. Seule ma respiration était intacte, je dirais même qu'elle était plus fluide, à la dérive.

Je comptais donc rentrer par le chemin le plus court. L'itinéraire « Bancal » – nom relatif aux dalles d'un trottoir mal serties par lequel passait cette route – était la meilleure option. Au diable les parcours de sécurité que je m'inventais. Tout cela n'avait été qu'un mirage. Je m'étais imaginé être Bob, poursuivi par un inconnu aux yeux gris ou bleus qui n'avait pourtant rien d'un fou d'Allah ou d'un soldat du Christ.

Je me séchai le corps avec cette serviette indigo dont la face, ciselée dans un doux velours, arborait tout ce que compte comme lettres et drapeaux l'alphabet nautique. Face arrière, un trois-mâts y était brodé en fil blanc. Je fis tout cela assez machinalement, toujours perdu dans mon monde aquatique que je peinais à mettre au placard. Je passai mon caleçon Arthur aux motifs écossais, puis mon jeans délavé, un 501 si mes souvenirs sont bons, et enfin mes vieilles Converse blanches lâchement lassées, sans chaussettes. J'enfilai mon polo Lacoste bleu nuit quand l'envie de me tâter la gorge me prit. Je cherchai partout. Elle avait disparu. Je commençai à paniquer à l'idée d'avoir perdu mon étoile de David. Le sang me montait aux tempes. Je voyais déjà la tête de Charlie à l'annonce de la perte de l'étoile offerte par feu son père. Elle avait insisté pour que je remise ma vieille chaîne trop courte pour ce nouveau jaseran en or qu'elle avait rapporté de Rhodes quelques semaines plus tôt, et que je trouvais trop fin. Trop fin ? Cela me revint.

J'avais tellement peu confiance en ce maillage d'or fin que j'avais, pour une fois, ôté la seule protection divine à laquelle j'attribuais un effet gri-gri maintes fois démontré. *Écoute Israël, l'Éternel est notre Dieu et Il est unique.* Je me baissai et constatai que tout rentrait dans l'ordre. Mon amulette monothéiste dormait dans la poche avant de mon sac. *Il ne dort ni ne sommeille, le Gardien d'Israël.*

Le baluchon sur l'épaule, je me dirigeai vers les lavabos et les miroirs quand une ombre me frôla. Je n'y pris pas garde. La fatigue musculaire tétanisait mes réflexes. Je parsemai alors mes cheveux d'un peu de gel, me parfumai le cou et les poignets, enfilai ma montre et sortis mon pendentif de son écrin d'infortune. C'est pile à ce moment-là, juste à l'instant où je relâchai le mousqueton du fermoir, qu'une voix en hébreu me demanda ce que je comptais faire pour les fêtes à venir. Il restait deux semaines avant la nouvelle année juive, Rosh Hashana, trois avant Kippour et son jeûne.

Un mètre quatre-vingts, une forte proportion de

muscle, le bas du visage carré, la bouche mince et le nez aquilin qu'entouraient deux yeux bleu-gris. L'inconnu de la piscine se tenait derrière moi. Le crâne était intégralement rasé et laissait apparaître un casque pileux bleuté. Son sourire était franc, sincère et dégageait quelque chose de fraternel, presque christique. La compassion se lisait sur ce beau visage. Moi qui n'ai toujours aimé que les filles et plus tard les femmes, jamais je ne m'étais laissé enrober par une beauté masculine.

Que l'on ne s'y trompe pas. J'avais été impressionné par des gars comme Bob, tout comme je le fus plus tard pour d'autres raisons par certains des squales avec qui je nage en eaux troubles. J'ai d'ailleurs, moi aussi, opéré en séduction. C'est une approche de base. Et en rebroussant le chemin de ma mémoire, je dois confesser que j'aurais pu identifier tout de suite le cinéma qu'il me faisait.

— Je m'appelle Teddy Lichtman. Enchanté.

— Je suis Sacha Lebel. Salut.

— Je savais que tu étais juif. La première fois où je t'ai vu, tu avais ta *magen* autour du cou.

— Il ne me semble pas que tu en portais une ce jour-là, toi ?

— Tu veux dire que si j'en avais eu une, tu n'aurais pas été tourmenté par le fait de me revoir ?

— Ah ! Je vois. Sorry. Bon. Écoute, j'aime bien tout le monde, mais tu fais fausse route.

— Fausse route ? Mais à quel sujet ?

— Je ne suis pas… enfin, j'aime les filles et…

— Et tu n'es pas pédé ! Bah tant mieux, j'aime pas trop les pédales, moi non plus.

Pour une entrée en matière, elle était efficace, riche en enseignements et carrément déroutante. Le jeu était ouvert. Sauf, qu'à l'époque, je n'y connaissais rien.

∴

CHAPITRE II
CONTACT

Le curseur clignote toujours dans la boîte de dialogue de Messenger. Il m'invite à répondre. J'hésite quant à la suite à réserver à cette reprise de contact pour le moins troublante. Vingt-huit ans de silence. J'ai baissé l'éclairage du plafonnier. Je suis presque seul : de nombreux voyageurs se sont rués vers la voiture-restaurant. À l'autre bout de la rame, la jeune femme à la jupe fuselée semble être comme aspirée par sa lecture. J'ai l'impression qu'il en faudrait peu pour qu'elle s'y engouffre physiquement. De temps à autre, elle relève le menton tout en gardant les yeux rivés sur son livre. Je suis de nature curieuse, alors je lance l'application photo de mon iPhone, je zoome au maximum et je prends trois clichés de l'ouvrage. Je dézoome et subtilise deux autres clichés. Une vue d'ensemble.

Ses cheveux, sous cette lumière légèrement vaporeuse et floue, vus par le prisme de l'obturateur, tirent plus sur le roux que sur le châtain. Je les qualifierais de mordorées si j'avais à dépeindre les mèches avec précision. Elle porte une paire de lunettes faite d'écailles et de verres aux reflets bleutés sur lesquels dansent les caractères d'imprimerie qu'elle poursuit. Ce livre d'ailleurs, c'est un Stephen King. Ce n'est pas un thriller, c'est un essai sur le métier d'auteur. Je le sais, je l'ai acheté moi aussi, dès sa sortie. Seulement, je n'ai pas encore pris le temps de le lire. Pourtant, il me serait bien utile, moi qui songe à rédiger mes *half-life memoirs.* Retour à elle. Elle est jolie. Son corps est celui d'une sportive, ça se voit.

Pendant un bref instant, Géraldine – il faut toujours donner un prénom inoubliable aux proies que l'on convoite, et il faut toujours utiliser ce code, une fois l'affaire dans le sac – m'a fait oublier un court instant Teddy Lichtman et nos étranges aventures. Je détourne mon regard de celle que j'appelle déjà Gégé, et me plonge, grâce à la vitre, dans le reflet de mes yeux. Je lance un nouveau regard vers mon téléphone et m'interroge. Que dire après six mois sans réponse ? Que je ne l'avais pas vu, son étonnant message ? C'est dire la vérité, ça ! Mais se poser la question, c'est déjà retomber entre ses mains. L'effet est immédiat, je m'inquiète et m'enfonce à nouveau dans le passé alors que mon reflet s'estompe et me fait replonger. *Deep dive.*

∴

Les fêtes juives s'étaient bien passées. Elles ont l'avantage, sous nos latitudes, de se dérouler en fin d'été ou au tout début de l'automne. Mes parents n'étant ni pratiquants ni d'ascendance très pieuse, je manquais de pratique et d'assiduité en matière de rites presque quatre fois millénaires. C'était l'occasion de bénéficier de séances de rattrapage données par la mère de Teddy, Hannah.

Hannah était une sorte de dévote qui suivait les

rituels des Juifs de l'Est – les Ashkénazes – à la lettre. Du côté de ma mère, on avait aussi connu les pogroms, on en parlait toutefois très peu. Notre avarice en la matière n'était pourtant pas penaude. C'était une question de pudeur, peut-être. Quant à la branche paternelle, elle s'était mélangée au fil des invasions et des conquêtes andalouses. Dans cette lignée coulait du sang séfarade fortement dilué. Cependant, mon père en avait conservé l'accent et les manières quand il perdait patience ou que son cœur débordait. Il faisait preuve des mêmes démonstrations émotionnelles que ses pairs. Il haïssait trop fort, il aimait trop fort. Que l'Éternel le garde.

Kippour, la fête clôturant le grand chelem des réjouissances rappelant toutes les infélicités subies par le peuple élu et son éternel besoin de se faire pardonner, pour des crimes rarement commis, était insignifiante pour moi. Je ne me trouvais que peu de raisons de demander pardon. D'abord parce que je mesurais presque toujours les actes que je posais, ensuite parce que j'assumais, *a priori* comme *a posteriori*, toutes mes actions, même les plus maladroites. Il me restait parfois en stock quelques péchés véniels qui ne m'obligeaient en rien à me rendre à Canossa pour expier. Cela dit, je jouais le jeu auprès de Teddy et d'Hannah sans vraiment tricher sur le jeûne. J'avais toutefois omis d'oublier de fumer deux ou trois clopes. En revanche, pas de cannabis, rien. Mais cette fête, c'était aussi l'occasion de pardonner, et cet exercice m'était impossible. Je n'en voulais à personne ou en tout cas pas assez.

Je fais preuve, aujourd'hui encore, d'une affection presque communautaire pour cette religion et ses coutumes. Par habitude, mais sans pratique aucune. Quant au pardon et aux autres formes de rédemption, j'ai tellement menti, triché et fraudé que je pense m'arranger directement avec le Patron au jour dernier. Nous aurons l'éternité pour discuter, négocier mes peines, marchander mes travaux forcés et peut-être même en réduire la fréquence.

Étudiant, lorsque je regardais les Montois combattre un faux dragon durant la période du Doudou, ou encore lorsque j'essayais de comprendre ce qui les poussait à exorciser leurs malheurs futurs en tirant le Car d'or, je les trouvais aussi niais que les Juifs construisant leurs cabanes à Soukhot. J'étais parmi ces cons, bien sûr. Parmi ceux qui trouvent dans le folklore une raison inconsciente de ne pas oublier le conscient collectif d'antan. *A contrario*, si la religion n'était pour moi que rituels tutélaires, si l'idée de Dieu me paraissait être un faible paratonnerre contre la connerie humaine, voire un épouvantail pour empêcher les djinns de fondre sur nos récoltes bienheureuses, l'idée même d'un territoire juif en Israël me tenait à cœur.

Cela ne datait pas d'hier. Petit déjà, rien qu'à entendre l'*Hatikvah*, leur hymne national, je tremblais plus qu'à la pensée des sangs impurs abreuvant les sillons de ma France, celle de mon enfance. Je dis « leur hymne national » parce que je considérais, à l'époque comme aujourd'hui d'ailleurs, que ce pays n'était pas le mien s'il n'était pas celui de tout le monde. De tout cela, nous avions débattu des heures durant avec Teddy. Il nous était même arrivé d'interrompre nos nages pour discutailler de ce pays qu'il affectionnait tant, lui aussi, et qu'il avait servi à plusieurs titres. Nous en avions feuilleté des pages d'albums photo dans la véranda embuée d'Hannah. En particulier ceux de son temps militaire. Teddy avait servi trois ans dans une brigade de défense, en bordure de frontière libanaise. Mais le moment est venu pour vous et moi de rattraper le temps, et de vous présenter Teddy d'après ce que je sais de lui. Des faits, pas toujours vérifiés, mais aucune conjecture dans ce qui va suivre. Promis !

Teddy est né en 1965 à Jaffa. Hannah Kaver, sa mère, alors âgée de trente-cinq ans, était revenue, honteuse, d'un voyage de trois semaines qui avait duré deux ans. Tout ça rien que pour les beaux yeux de Rafi Lichtman, jeune Israélien alors mobilisé dans les forces d'intervention à la frontière égyptienne. Pour le plus grand malheur du couple, ils n'étaient pas mariés. Dans ce kibboutz où ils vécurent quelque temps, on respectait les traditions. Mais les stigmates de privations de liberté vécues deux décennies plus tôt dans l'Europe occupée laissaient le choix, aux uns comme aux autres, de vivre selon ses envies.

Hannah n'avait pas prévu cet accrochage du 7 juin 1967, dans la vieille Jérusalem. La malchance fut de la partie. Rafi tomba à un mois de la quille. C'est tout ce que l'on sait sur le père Lichtman. Teddy en parlait peu, et quand il le faisait, il déballait toujours le même laïus bien rodé. Le retour en Belgique fut brutal, spleenétique et si injuste selon Hannah.

Au bout de quelques mois, la mère et le petit avaient fui Bruxelles où la famille maternelle, très hassidique, entreprenait de la marier, de force et « pour le bien du gosse », avec un rabbin dont la date de péremption approchait *ipso facto*. Hannah s'était ensuite débrouillée comme elle avait pu et avait fini par poser les maigres et cartonneuses valises familiales à Mons. À force d'économies, et il est vrai avec l'aide de la Chance, elle leur avait mis un toit sur la tête, et il leur appartenait. C'était plus que ne pouvait espérer cette « vieille » maman. Elle avait fait de son fils un homme bien, enfin, le pensait-elle.

Teddy s'était offert une scolarité discrète, juste au-dessus de la moyenne. Restant éloigné des projecteurs, sous l'influence de la prudence maternelle, les seules vagues qu'il faisait provenaient de la force de propulsion de ses pieds et du profilage de son corps longiligne dans les eaux bleues et chlorées des bassins sportifs. Réservé, voilà un adjectif qui lui seyait comme un kali complétant à merveille un totem.

Aux portes de la maturité, le temps de filles sonna. Fils unique et privé de figure paternelle, il avait pris l'habitude des échanges d'amour à taux plein. Les déceptions commencèrent. Et mésaventure après mésaventure, il préféra l'attache du savoir. Il s'engagea dans des études d'archéologie, à l'école du Louvre. Une spécialisation en Égypte ancienne, une thèse remarquable et le voilà qui tutoyait un rêve et ses envies d'indépendance. Tout le monde ne naît pas un quatorze mai[4].

Une fois la théorie assimilée, l'appel du Levant et de ses sables fut si fort qu'il joignit l'utile à l'agréable en entamant un parcours d'archéologie sur le terrain, passant les frontières, les repassant encore et encore. Finalement, après avoir joué du pinceau, de la pelle et du fil à plomb, l'heure était venue de servir avec pour seul outil un Galil[5] patiné. Trente-six mois plus tard, en 1991, il était revenu en Belgique. C'est là que je l'avais rencontré pour la première fois, à la piscine.

∴

Nos premiers mois d'amitiés furent heureux. Je pourrais même les qualifier de doux, voire d'indolents. Il m'arrivait de penser qu'il me prenait pour son Alexandre alors que je voyais en lui mon Héphaestion. Peut-être affirmerait-il l'inverse ? Mes journées se conjuguaient donc en trois temps. Il y avait ma thèse bien sûr, même si j'en faisais le minimum pour garder la cadence biennale que je m'étais imposée. Ah, si j'avais pu la faire en trois ans ! Venait ensuite mon amitié avec Teddy. Je relayais le sport, la nourriture, le commerce avec les autres et même la belle Sandrine à un troisième plan, moins essentiel. Encore qu'il m'arrivât souvent de partager mes séances de sport et mes libations avec Teddy.

Même s'ils tournaient très souvent autour de ce

---

[4] Référence au 14 mai 1948, dernier jour du mandat britannique sur la Palestine, et création officielle de l'État d'Israël.

[5] Fusil d'assaut de conception israélienne.

petit pays enclavé au milieu des hordes arabes, nos sujets de conversation étaient divers et variés. Il y avait la situation préoccupante du Moyen-Orient, cela va de soi. Il nous arrivait aussi d'évoquer les traumatismes laissés par les souffrances endurées par le peuple auquel nous étions, de naissance, contraints d'appartenir. Ça philosophait sec sur notre condition de jeunes Juifs, et il nous arrivait surtout de chercher à nous défaire de nos origines pour ne penser qu'à la quintessence de ce que nous étions vraiment : deux jeunes hommes à la recherche d'une quête encore inconnue, au moins de moi. Nos points communs étaient nombreux, même si parfois j'avais cette impression incongrue qu'il se la jouait *smart follower*.

Nous avions en commun quelques lectures. Les poèmes épiques, par exemple. Homère et Théocrite. Ou encore les grands ouvrages mémorables comme *La Guerre des Gaules*, *Le mémorial de Sainte-Hélène* et la série des Bourrienne. Lui et moi avions rêvé en dévorant le récit des méharées de Théodore Monod. Les écrits de l'homme au gobelet de fer avaient souvent réchauffé nos nuits aussi froides que celles du Néguev, celles que me narrait Teddy.

Petit à petit, nous partagions presque tout. Grâce à lui, je redécouvris une marotte que m'avait transmise mon père quelques années plus tôt : la passion pour les romans d'espionnage. J'avais fait une longue pause de trois ans. Mais Teddy avait su raviver cette flamme. Nous avions pris l'habitude de nous poser dans ce vieux pub de la rue d'Havré. Celui qui puait les fins de tonneaux et le tabac froid.

Devant des pintes de bière aussi ombrageuses que le regard d'un Irlandais un trente janvier[6], nous lisions, des heures durant, le même livre chacun. Je me souviens en particulier de cette fois où nous avions entamé un John Le Carré, ce devait être *Un pur espion.* Nous n'étions pas d'accord sur les sacrifices réalisés par Magnus Pym, le héros. Pour Teddy, une telle abnégation de soi était impossible pour un sujet britannique, fût-il amoureux de la reine. Seuls les Israéliens étaient capables d'un tel patriotisme désintéressé, avait-il chuchoté fièrement.

La semaine suivante, alors que je rentrais pour la semaine, je trouvai, sur la table de la salle à manger commune de mon kot, un livre à la couverture jaune criard. En lettres noires, s'affichait le titre : *J'ai risqué ma vie.* En bas de la couverture, une référence au livre des Juges donnait le ton : « j'ai risqué ma vie en marchant seul et le seigneur les a livrés entre mes mains. »

Sans aucune dédicace, seul un Post-it me désignait comme le destinataire de l'ouvrage d'occasion. J'hésitai encore quant à l'origine de ce cadeau. Alors, avant de rejoindre Teddy chez lui, je montai ranger mes affaires dans ma chambre.

Depuis quelques semaines, je rentrais le dimanche soir, pour être plus proche de lui. J'ouvris la porte de ma piaule et trouvai, au sol, une carte postale laconique. « Ne reviens pas me voir avant d'avoir lu ce bouquin. »

---

[6] Allusion au « bloody Sunday », une tuerie survenue le 30 janvier 1972 durant laquelle vingt-huit personnes ont trouvé la mort sous les balles des soldats de l'armée britannique.

La stupéfaction me laissa avec de nouvelles interrogations. Notre relation prenait un étrange tournant. Cela étant, l'idée même de désobéir ne me vint pas à l'esprit. Je ne le savais pas encore, mais j'étais aux ordres, malgré moi. Comment aurais-je pu ne pas lire ce livre ? Que me serait-il passé par la tête si je n'avais pas été séduit par le titre, par son formidable auteur et par la vie qui y était narrée ? La vie d'un espion. Pas n'importe lequel, l'espion le plus célèbre de ce pays que j'aimais en silence.

Ce soir-là, je faillis dire à Sandrine ce qui m'arrivait. Je voulais partager avec elle les changements qui s'opéraient en moi. Mais lorsque s'ouvrit la porte de la cuisine, dans laquelle je lisais à la lumière d'un néon fatigué, assis sur le vieux radiateur en fonte, tout en recrachant par la fenêtre la fumée de ma énième cigarette, je vis qu'elle était accompagnée de son régulier. Mon intention, pourtant ferme, de l'affranchir sur mon autre vie, s'estompa sur-le-champ. Je crois que c'est à cet instant que Teddy m'emmena définitivement, sans le citer, dans un monde nouveau.

Le mercredi midi, alors que je terminais l'ouvrage en question en sirotant une bière blonde, accoudé au comptoir du *Café du Stade*, Teddy, théâtralement, fit son entrée. Ce petit café de quartier était pourtant loin d'être son fief. Le rade n'en avait ni l'envergure ni l'ambiance. On y croisait peu d'étudiants. J'aimais cet endroit pour ça justement. Les conversations, même de zinc, y étaient les plus intéressantes de l'Univers. Tout le monde avait un avis sur tout. La plupart, *buveurs de blondes bières, étaient de gais Wallons.* On y croisait des ouvriers, des amateurs de football – le café comme son nom l'indiquait faisait face au stade —, des joueurs de billard, des retraités en mal de discussions, le postier de la rue, une pute intérimaire – elle était occasionnelle –, et même un député pédé incognito. Le barman était l'ex-mari de la patronne dont le mari était le nouvel ami. C'était un endroit joyeux où des gens aux vies graves ou dérobées venaient y trouver un certain bonheur, une part de vérité.

Comme Teddy n'était pas un habitué des lieux, les clients, sans voix, se turent et le fixèrent alors qu'il occupait encore l'encadrement de la porte. Je fonçai vers Teddy, lui serrai la main vivement et chaleureusement, tout en embrassant la salle d'un regard accort. Rassurés de voir le nouvel arrivant accueilli de la sorte, ils reprirent leur brouhaha là où il l'avait laissé.

— Alors, c'est ici que tu te planques ? me demanda Teddy.

— Je ne me cache pas, lui répondis-je.

— De moi, non ! J'en suis certain. Mais d'autres, peut-être ?

— J'aime cet endroit. Les gens sont vrais, ici. Viens, je vais te présenter aux fauves.

Et comme pour légitimer ma justification, comme cela se faisait entre ces gens-là, j'entrepris un tour des tables avec Teddy. Une campagne d'intronisation, en quelque sorte. Je gardai le comptoir pour la fin, car il hébergeait les membres de l'aile dure, les phalanges de la cambuse, l'élite du troquet. Ils achevèrent d'anoblir mon ami. *Il est des nôtres.*

Le Teddy que j'avais devant moi était très différent de celui que je connaissais et avec qui nous avions toujours privilégié les lieux intimes, discrets et anodins. Là, il faisait preuve d'une sociabilité à toute épreuve. Je dois reconnaître que de ce point de vue, il ressemblait à Bob. Lui aussi était très engageant et s'exposait en élans grégaires. Je n'irais pas jusqu'à dire qu'ils tombaient tous les deux dans le panurgisme, mais ils donnaient à leur public l'impression que sa présence était importante.

Les Picon-bières affluaient sur le comptoir, et les petites assiettes de snack s'amoncelaient sur le passe-plat de la cuisine. À peine vidés, les verres partaient à la plonge pendant que la pompe en inondait d'autres. Nous devions être une vingtaine de clients. Tout le monde sifflait le même breuvage. Même Teddy s'y était mis. Je ne lui connaissais pas ce goût pour l'acescence des rutacées et racines macérées. La fête battait son plein, et toujours pas un mot sur le livre jaune qui trônait sur mon tabouret, au-dessus de ma veste. Pourtant, à plusieurs reprises, j'y avais lancé des coups d'œil évocateurs, interrogateurs même. Pour seules réponses, j'obtins des sourires bienveillants. Des rictus semblables à ceux qu'il m'avait lancés la première fois à la piscine.

Vers les trois heures du matin, repus de petits dés de fromage, de saucisson et de bières, nous quittâmes le *Café du Stade*, sans aucune fierté. Après avoir descendu les trois marches, je me retournai vers lui. Moi, je n'avais jamais vraiment mangé casher, sauf au restaurant. Mais le comportement de Teddy à cet égard m'avait étonné.

— Tu manges du porc, toi maintenant ? lui demandai-je en gonflant le torse.

— Non ! me répondit-il, les yeux dans les yeux.

— Si. Bordel, je t'ai vu en manger, dis-je en rigolant. T'as même tapé dans le croque-monsieur de Guido, le mec qui était à côté de toi. T'es vraiment un enfoiré de menteur, insistai-je.

— Non. Tu te trompes, me dit-il avec un aplomb éhonté. Je n'ai pas mangé.

— Bah, alors quoi ? demandai-je en perdant mon sourire.

— Je me suis adapté. C'est tout.

∴

La lecture de l'ouvrage sur la vie secrète d'Isser Harel ne m'avait pas laissé de marbre et sans questions. Quand j'ai eu mon bac, j'allais avoir dix-sept ans. Pour me féliciter de mes excellents résultats, et en récompense du bon fils que j'avais été jusque-là, mes parents m'avaient offert deux mois de vacances en Israël, à leurs frais. Mes premières vacances en solitaire. Je bénéficiais en plus d'une rondelette somme d'argent transformée en *traveller's cheques* tirables sur le compte en banque de l'oncle Jeff. Ma mission, pour pouvoir échanger ces chèques contre *shekalim* sonnants et trébuchants, était de repérer pour lui des « spots » intéressants. Le frère de ma mère m'avait préparé une liste de critères : taux d'ensoleillement, contrastes de couleurs, qualité des paysages et surtout le nombre de filles au mètre carré. Durant deux mois, j'avais visité et sillonné le pays de long en large, dormi dans des *moshavim*, des *kibboutzim*, des hôtels et des auberges de jeunesse, sans oublier quelques nuits chez l'habitant. Trois habitantes pour être précis. Deux bonnets B et un D frôlant le double D.

Sur place, embarqué par l'ambiance chaleureuse que dispersent autour d'eux les Méditerranéens, l'envie de contribuer à conserver la paix à laquelle tous les habitants des lieux – Juifs comme Arabes chrétiens comme druzes – pouvaient prétendre, me donna à réfléchir. L'idée de servir ce pays me hanta durant les premières semaines. À chaque fois que je trouvais les gens beaux ou que je me disais que cela valait la peine de se battre pour ce morceau de terre, ma fibre nationale française reprenait cependant et viscéralement le dessus. C'était la France qui m'avait vu naître, la France qui m'avait donné une éducation solide. C'était en France que j'avais attrapé cette manie cocasse que l'on appelle liberté. La France représentait aussi l'égalité ; rien à voir avec les citoyens de seconde zone que je rencontrais dans la vieille Jérusalem et aux portes de Gaza. Quant à la fraternité, bien sûr je me sentais proche des Israéliens parce qu'ils étaient juifs, mais je vibrais à l'idée de rencontrer des Français lorsque je me baladais loin de chez moi. Mon chez-moi, la France. C'est bien étrange je le concède, mais ma fibre patriotique s'est révélée hors des frontières que je protège.

Je tenais de mon père cette habitude de me renseigner sur les choses même lorsque j'étais convaincu de leur inutilité. J'entrepris donc de pousser la porte d'un bureau de recrutement dans la dernière quinzaine de mon périple. Les Israéliens sont des gens très intelligents. Supérieurement même, on peut le dire sans rougir et sans faire de prosélytisme. J'en veux pour preuve le casting des agents chargés de recruter les futures forces vives de Tsahal. Je me retrouvai face à une sculpturale brune aux yeux verts au fort pouvoir hypnotique. Après vingt minutes et le premier formulaire déjà rempli, il me fallait un plan d'exfiltration. J'avais l'impression de me faire avoir. Les filets dans lesquels j'étais pris étaient peu de chose à côté du fredonnement des mélusines croisant en mer Égée. Je prétextai un appel téléphonique urgent et promis de revenir. Quelques minutes plus tard, la porte à peine ouverte, je passai ma trogne à la mine déçue et lui lançai pour unique suite : changement de programme. Ce clin d'œil lancé mit fin à ma carrière militaire israélienne avant qu'elle ne débute. Je ne savais pas s'ils allaient garder trace de cela dans leur fichier. Plus tard, j'eus la confirmation que oui : « Sacha Lebel, désertion anticipée ».

∴

Michel Bar-Zohar, l'auteur de l'ouvrage sur l'espion *number one* de l'État hébreu, y dépeint un homme droit et juste, mais souvent tourmenté par les innombrables questions qu'il se posait. Selon

Teddy, il s'agissait de la leçon fondamentale à retenir de ce livre. Se poser des questions permettait de se situer, d'envisager plusieurs angles et de finalement prendre l'avantage. Un autre message, très présent dans l'opus, lui tenait à cœur : le fait qu'avec peu de moyens, les services israéliens avaient réalisé de grandes choses. Avec peu de moyens et de nombreux ennemis autour d'eux, avais-je rétorqué. L'urgence et la pression conditionnent ceux qui les subissent à s'orienter vers la prévention plutôt que vers la réaction. Voilà ce que les premiers hommes de l'ombre, sous la bannière blanc et bleu, avaient introduit comme précepte.

Nos discussions commençaient de plus en plus à ressembler à un enrôlement aussi lent et lancinant qu'un slow des seventies. Teddy était indépendant, sûr de lui et entêté. Il n'avait, selon moi, pas besoin d'un tiers pour se motiver. Or, j'avais ce sentiment étrange qu'il avait besoin de moi pour se convaincre. Peut-être aurais-je dû écrire : pour me convaincre. J'entrepris donc de découvrir le pourquoi de son intéressement aux agents secrets et en particulier aux services israéliens. Je voyais en lui un aventurier des temps modernes, ce qui me fit penser que Bob, à qui il ressemblait tant, n'était peut-être pas qu'un simple diplomate, un inutile attaché culturel de plus.

Nous devisions souvent en marchant. Des heures durant, nous arpentions les trottoirs et les petites ruelles pavées du centre de la ville de Mons. L'hiver s'y était installé. Par les soirs de grand froid ou lorsque la pluie était huileuse, nous réfugions nos corps endoloris ou trempés dans l'air vicié et sec de vieux bistros. L'espionnage était devenu notre unique sujet de conversation. Au diable les romans de Fleming, de Ludlum ou encore de Forsyth. Nous étions passés à la vitesse supérieure en dévorant des ouvrages sans fiction.

Évidemment, nous lisions beaucoup de littérature dont Israël et ses voisins étaient les principaux sujets, mais ses alliés n'étaient pas en reste. CIA, DGSE, Mi6, SISMI et tant d'autres. Les ennemis de nos amis devenant par destination les nôtres, le KGB officiellement dissous et ses myriades de déclinaisons satellitaires nous intéressaient au plus haut point.

À bien y réfléchir, aujourd'hui, je peux affirmer que cela correspondait à une phase d'apprentissage de la culture générale du métier. Teddy me confia rapidement la mission d'ingurgiter une tout autre matière : la spécialisation, le métier. Il m'affranchissait, me désenveloppait de mes certitudes profanes. Je m'initiais, tout simplement.

Considérant que les concepts étaient connus, que les généralités de ce monde secret n'étaient plus pour nous qu'une question de vocabulaire à pratiquer, plus jamais nous n'avons analysé un ouvrage sérieux sur l'espionnage. Il avait pour nos lectures suivantes une affection énorme, elles le passionnaient. Et c'est avec émotion qu'un matin, alors que je dormais encore, et qu'il s'était fait ouvrir la porte de la maison par une de mes colocataires, qu'il s'assit sur mon lit, les pieds tapotant le sol. Il était comme un parent qui offre le premier cadeau de Noël à son enfant. Je me réveillai doucement. Il sortit de la poche de son loden noir encore souillé de neige un paquet-cadeau. C'était la première fois qu'il m'offrait un livre emballé. Il avait l'air d'y tenir. L'ouvrage était recouvert d'un tissu de velours bleu précisément coupé que maintenait une cordelette avec laquelle un joli nœud avait été fait. Les yeux de Teddy étaient humides.

— Tiens, c'est pour toi ! me dit-il.

— C'est pour Hanouka[7] ? demandais-je bêtement.

— Ce n'est pas un cadeau, mon ami, mon frère, c'est un trésor que je te donne là.

— OK. Merci. Je te prépare un café en bas, et j'ouvre ça.

— Non. Ouvre-le quand je serai parti. On se revoit en janvier.

Je n'eus le temps de parler. Il quitta ma chambre en y laissant une odeur mélangée de violette, de cèdre et de patchouli. Un zeste de clémentine excitait mes récepteurs comme des marqueurs. Au ton qu'il avait utilisé et puisque la scène s'était passée chez moi, dans ma chambre, je compris que comme pour le premier livre, il n'était pas cette fois question de se revoir avant d'avoir avalé tous les mots contenus sous le velours. Cela tombait bien, les fêtes chrétiennes approchaient à grands pas, et j'avais promis de passer les deux semaines hivernales avec

[7] Fête juive traditionnelle se déroulant généralement en hiver dans une période proche de Noël. Les enfants y reçoivent des cadeaux.

mes parents à la montagne.

J'ouvris le paquet avec précaution. J'étais à la fois pressé de découvrir le titre du livre, mais aussi freiné par une certaine gêne que je ne parvenais pas à expliquer. Pas plus de dédicaces manuscrites que dans le premier livre. En revanche, à la première page du premier chapitre, était souligné ceci : « (…) je ne saurais en vérité m'assimiler à de tels fous, bien que je me sois souvent imaginé descendre immanquablement d'un grand seigneur ou d'un noble. Car, par nature, je suis enclin à faire le métier de gentilhomme, à la seule condition d'avoir l'argent et l'équipement indispensables. Mais, sans plaisanterie, mon origine et mon éducation me mettent sur le même plan qu'un prince, si l'on veut bien ne pas considérer la grande différence qu'il y a entre nous deux. » J'avais dans les mains une édition originale de la traduction française de *Simplicissimus l'Aventurier*, de Grimmelshausen.

∴

J'ai toujours pris soin de ce livre. J'y tiens tellement que j'ai acheté son jumeau dans une vente de livres rares en Suisse. L'exemplaire offert par Teddy est celui que j'ai avec moi dans le train. Je le sors de la poche de mon sac, le dépose sur la tablette devant moi, juste à côté du téléphone portable toujours calé sur le message de Teddy. Je suis face à un vrai dilemme. Je sais qu'il faut que je lui réponde. Je suis même étonné qu'il ne m'ait pas relancé. Je saisis le Grimmelshausen et le feuillette. Je pense y trouver une réponse, mais pour la seconde fois, il ne m'est d'aucun secours. Mes neurones sont bien trop occupés avec cette tâche de fond, le retour de Teddy Lichtman.

∴

CHAPITRE III
LES BASES DU MÉTIER

Je n'avais aucune idée sur la manière dont les trois autres recrues s'en sortaient. Pour ma part, et si j'avais été le seul à juger de ma prestation, je me serais gratifié d'une bonne note, d'un encouragement et du prix spécial de l'innovation. La partie n'était pourtant pas encore gagnée. J'observais, depuis la pénombre dans laquelle je me trouvais, les deux zouaves chargés de m'évaluer. À vrai dire, à ce moment précis je n'étais pas tout à fait certain qu'ils fussent bien nos chaperons, mais aucun autre péquin n'avait l'air aussi falot qu'eux.

Comme dans toute histoire qui tient la route, l'un était petit et l'autre était grand. Jules, celui de droite était corpulent, râblé. Jim, à gauche, élancé et diaphane. *Jules et Jim*, comme dans le film, comme dans la chanson. C'était comme ça que je les avais baptisés. Jim furetait du regard en direction du bar de l'hôtel et s'arrêtait aux moindres détails. Jules considérait une rombière musulmane couverte d'un voile à deux étages. La moukère se tenait devant la réception, hésitante, la respiration haletante si j'en croyais le rythme des mouvements de la poitrine. En ce début de soirée, le narthex du palace était fortement fréquenté. Entre ceux qui venaient d'y descendre et ceux qui partaient manger en ville, le charivari cosmopolite était incessant.

La jambe droite de Jim battait la mesure comme s'il était pris d'une envie pressante. Cette attitude avait particulièrement attiré mon attention. Elle m'avait fait m'intéresser à lui, puis à eux. Quand on doit pisser et que l'on se trouve, la mine béate, à tout juste cinq mètres des commodités, la seule raison qui vous empêche de le faire, c'est de ne pouvoir quitter la scène. Cela n'allait pas me valoir le prix Sherlock Holmes lors du débriefing, bien sûr. En revanche, côté innovation j'étais assuré de l'avoir, planqué dans une manne à linge sale montée sur roulettes.

La consigne de l'exercice était laconique : on vous voit entrer dans l'hôtel, je ne veux pas vous voir en ressortir, mais dans deux heures, vous êtes de retour ici, au pavillon, sans vous faire gauler par vos nourrices.

Enrubanné dans une nappe maculée de vin et de sauces diverses, je me battais avec quelques miettes de pain qui m'agaçaient la nuque. Essayant de ne pas trop bouger, je regardai ma montre. J'avais mis cinq minutes pour entrer dans l'hôtel, m'y perdre, et quinze autres pour me retrouver là, avec un billet de sortie garantie. Jules et Jim pouvaient toujours me chercher. Mon sort dépendait de l'employé qui continuait à remplir la manne juste derrière moi. Par chance, il avait laissé ouverte la porte du couloir depuis lequel j'avais une vue imprenable sur l'entrée et sur le manège des frères « Jetatrappe ».

Soudain, dans le hall, tout s'accéléra. La pécore au voile noir avançait vers la sortie. D'où j'étais, je ressentais sa tension rien qu'à sa façon de marcher. Sans se démonter, elle passa entre Jules et Jim qui, dans un réflexe précis et avec assurance, lui ôta le voile. Ce dernier acheva sa course sous la veste de Jules qui emmenait déjà la fausse Saoudienne dans une camionnette garée de l'autre côté de la rue. L'un de nous quatre venait de tomber. Et d'un. J'aurais aimé voir les acolytes de la vigie se tromper ! Cela aurait provoqué un capharnaüm dont je me serais servi pour sortir *fissa*. J'aurais eu tort. Le barman au comptoir fit un clin d'œil de satisfaction à l'attention de Jules qui revenait d'avoir embastillé l'indélicat apprenti-espion à l'arrière du van. Ils étaient donc trois, au moins.

Soudain, le chariot se mit brusquement en branle, se cabra et toupilla. Je n'avais plus aucune vue sur le sketch joué par Jules et Jim. Je n'apercevais plus qu'un pan de salopette azur et le fil d'un walkman qui devait être attaché à l'arrière de la ceinture de mon charretier. Rapidement, le noir et le froid envahirent le petit volume dans lequel je me terrais. Une fois de plus et par pure superstition, je vérifiai que les nappes étaient bien sales et qu'il y avait un numéro de téléphone brodé sur la bâche recouvrant la manne. C'eût été amusant de voir le linge être mis en machine sur place, et moi aussi par la même occasion.

J'avais cependant visé juste, et j'en eus la confirmation en me faisant embarquer dans un camion, sur des rails de la même largeur que les roues du chariot. J'étais coincé, certes. Mais le véhicule quitta l'infrastructure hôtelière située rue Castiglione à Paris Ier, à la barbe et au nez des deux guetteurs.

Chemin faisant, contraint d'attendre, la monotonie me gagna peu à peu, et un incompréhensible besoin de dormir me titilla l'épiphyse. Peut-être était-ce parce que la pression redescendait ? Depuis cinq jours, l'intensité était allée *crescendo*. Je repensai au premier jour.

En matinée, David, notre instructeur, nous avait donné les consignes de vie pour la semaine à venir : aucun contact extérieur, pas de noms de famille entre nous, pas de confidences non plus et encore moins de cachotteries. Pas d'hébreu, surtout ! Quant au contenu de ce séjour, c'était bouche cousue *ad vitam æternam*.

L'après-midi, nous avions passé un test de personnalité en deux phases. Un premier questionnaire oral, à choix multiples, en face à face. Un autre libre, à remplir dans le secret de nos chambres respectives, favorisant épanchement et confidences. S'était ensuivi un entretien avec David, lui-même.

Aux deuxième et troisième jours, il nous avait enseigné les bases du déplacement discret en ville. Il était passé rapidement, trop peut-être, sur les techniques utiles pour contrer une filature. J'avais pressenti un exercice grandeur nature, et j'y étais maintenant plongé, à l'arrière de cette foutue camionnette.

La veille, je déambulai toute la journée dans les

rues de Paris lors d'un autre exercice lorsque j'aperçus Bob au loin, rue Vaugirard, sortant d'un restaurant persan. Je dus prendre les mesures adéquates pour ne pas l'inquiéter de mon passage par Paris.

Selon mes suiveurs, le flegme dont j'avais fait preuve tout au long de mon parcours était remarquable. Ils en avaient loupé dix minutes, mais David n'en avait pipé mot. Les exercices pratiques de contact et autres vols de courrier, comme dans la boîte aux lettres d'une mission diplomatique officieuse, n'avaient éveillé aucun soupçon. Comme les autres, ma note était correcte. On attendait beaucoup de moi, je le sentais.

Pour mes camarades, j'étais Daniel, mais je ne me souviens plus vraiment des faux prénoms utilisés par les trois autres étudiants *ès* sciences de l'espionnage. Par contre, j'ai encore en mémoire les sordides sobriquets dont je les avais affublés. Il y avait Gus, Zizi et Michou. Paris et Montmartre m'avaient inspiré. Le fait qu'aucun d'eux ne parle hébreu m'avait inquiété dans un premier temps. Je reste convaincu qu'il est plus facile d'apprendre à piloter un avion de chasse que de parler correctement l'hébreu quand on n'a pas été élevé dans cette langue. Même mes parents, plutôt très laïques, avaient insisté pour que je suive le cursus de base depuis mon plus jeune âge. Ils me délivrèrent de toute obligation cultuelle le lendemain de mes treize ans, mais j'étais bilingue.

Michou était celui qui était déguisé en Saoudienne

dans l'hôtel. Il était fortiche le bougre. En moins de quinze minutes, il était parvenu à trouver de quoi se transformer. Qui plus est, avec une tenue offrant la discrétion ultime grâce au voile. L'enveloppe était très correcte, mais son comportement, sa démarche et son manque de maîtrise de l'espace l'avaient propulsé dans les bras de nos adversaires du jour.

Ni Gus ni Zizi n'avaient réapparu dans mon champ de vision. J'espérais pour eux qu'ils avaient trouvé de quoi s'exfiltrer. Ils n'étaient pas mes amis, certes. Ils ne le seraient jamais. Mais nous avions vécu des choses inédites ensemble. En sus, nous nous préparions tous à vivre une autre vie, et je ne tenais pas à être le seul à avoir réussi le test. D'ailleurs, la victoire n'était pas encore cousue de fil blanc.

Le camion roulait désormais depuis vingt minutes, il n'avait fait aucun arrêt et je n'avais aucune idée de l'endroit où nous allions. J'espérais que notre destination était bien celle sur laquelle j'avais tout misé. Rembobinons le flux des événements. Quelque quarante-cinq minutes plus tôt, alors que j'étais à l'affût dans le hall du *Lotti*, j'avais aperçu les caddies à linge. Ils étaient marqués du nom d'une société de nettoyage. Le numéro de téléphone de l'entreprise figurait en gros lettrage sur les flancs des chariots. Ce détail m'avait permis de faire le rapprochement avec les annuaires téléphoniques rangés à côté du poste de téléphone de la réception. J'avais emprunté les Pages jaunes et y avais trouvé l'adresse. Informations mémorisées. J'avais aussi arraché une des premières pages du bottin qui n'était autre qu'un plan de Paris intra-muros au recto, très proche banlieue au verso. La société se situait dans une zone industrielle à moins d'un kilomètre du pavillon résidentiel dans lequel nous vivions. C'était ça, mon bluff. J'avais parié sur le fait que les sièges social et d'exploitation ne faisaient géographiquement qu'un. Mon temps limite était de quinze minutes. Si je quittais l'endroit où je me trouvais moins de quinze minutes avant l'heure à laquelle nous étions supposés rentrer au bercail, j'étais foutu.

Blotti dans la manne, le bruit de l'eau projetée sur les bavettes protégeant les pneus et l'augmentation de la vitesse m'indiquèrent que nous nous éloignions du centre de Paris.

Du dehors, je ne perçus pas d'autre bruit que celui du moteur du camion dans lequel j'étais trimballé. Un ronron régulier et huilé. Toujours caché sous les nappes et les serviettes de table, je commençais à me sentir à l'étroit. J'ouvris donc subrepticement le couvercle grillagé de la manne et écartai sa bâche en plastique pour respirer un peu mieux quand le chauffeur du véhicule décéléra fortement, braqua, immobilisa l'engin et coupa le moteur. Silence.

Sans avertissement, le tacet s'imposa. Il était pour moi le signal de délivrance que j'attendais. L'exercice avait démarré une heure plus tôt.

Au-dehors, il n'y avait aucune trace sonore de vie. Il était temps pour moi de préparer ma sortie. Je m'emparai de deux serviettes que je rassemblai, bord à bord. J'en roulai une autre sur elle-même et je vins la boudiner avec les deux autres. Ce n'était pas une matraque en bois, mais c'était ce qui s'approchait le plus d'une arme. Ce gourdin de fortune me donnerait l'avantage si j'avais à l'envoyer dans la gorge d'un éventuel poursuivant. Je patientai encore trois minutes. Sans aucun mouvement, sans le moindre bruit, j'en conclus que le camion n'irait pas beaucoup plus loin.

Ma montre affichait précisément vingt et une heures. Tous mes muscles étaient bandés, j'essayai de réduire ma respiration à sa plus simple expression. Je pris mon briquet et m'en servis pour éclairer la benne dans laquelle je me trouvais. Cinq malles à linge sur roulettes semblables à celle que je venais de quitter y étaient garées. Je m'avançais vers la serrure intérieure de la double porte quand je crus identifier des bruits de pas autour du camion. Je m'assis contre une des parois et attendis encore cinq bonnes minutes. Rien. Si bien qu'à vingt et une heures dix, par l'interstice de la porte à peine ouverte, je découvris, le sourire aux lèvres, que j'étais bien à l'endroit désiré. Un panneau gris défraîchi bariolé de grossières lettres rouges en attestait. Mon pari était payant. Bingo.

À l'époque, les caméras n'étaient pas chose courante, sauf pour les banques et quelques entrepôts industriels, je fonçai innocemment et sans précaution vers les grilles, les passai avec facilité et me retrouvai sur le trottoir qui menait presque en ligne droite à l'aune de la rue de notre pavillon.

La nuit était noire. Le quartier peu éclairé. Mes

pas résonnaient dans l'étroite rue. J'étais fier de ma performance, et l'envie de me hâter pour parcourir les deux cents derniers mètres était vive. Mon pouls s'accéléra. Alors, sans savoir pourquoi, il me vint l'idée de stopper ma course et de me poser. Quel était l'intérêt de rentrer trop tôt ? Mon orgueil répondit : à briller ; ma raison : à rien. Mon instinct me disait qu'il était inutile, dans cette profession que j'embrassais, de faire montre de vanité.

Le pavillon était semblable à n'importe quel pavillon des banlieues bourgeoises parisiennes. Trente ans plus tôt, la classe moyenne s'y était installée et y avait prospéré. Elle y avait rebâti l'esprit des villages de France. On touchait Paris, oui, mais sans ses inconvénients majeurs : trafic routier intense, brouhaha, allure hautaine des passants et égocentrisme compulsif des commerçants. Au fur et à mesure, la classe moyenne avait déserté ces endroits. La crise de l'immobilier et la spéculation toujours plus implacable avaient poussé bon nombre d'habitants à vendre. Le retour en appartement était difficile, mais la petite maison au bord de Loire ou en zone côtière assurait trois semaines de détente annuelle. La razzia des fonds de pension, des banques et de quelques spéculateurs avait transformé le paysage. Les mairies communistes étaient devenues socialistes avant d'amorcer un sérieux virage à droite. Pour un peu, et le tour de l'hémicycle était fait. La faune qui y vivait était maintenant un peu plus riche, toujours un peu plus riche, bientôt un peu plus raciste.

De là où je me trouvais, derrière une armada de poubelles en plastique gris, j'avais une vue imprenable. J'apercevais, avec distinction, le revêtement mural en crépi blanc. Les croisillons aux fenêtres étaient factices, et seuls les châssis de l'étage étaient armés de double vitrage. Le parvis haut de trois marches était recouvert d'un paravent en fer forgé dans lequel étaient engoncés deux vitraux verdâtres sertis de plomb. Les vestiges d'une époque. Pour le reste, le petit portail vert bouteille délimitait un jardinet austère. Un saule y pleurait, seul au monde. Je n'avais pas encore eu le temps de voir tous ces détails, car nous y étions arrivés de nuit la première fois et David nous avait ordonné d'y entrer le plus vite possible. Qui plus est, nous avions pénétré par l'allée latérale bétonnée et c'est par la porte de la cuisine, à l'arrière, au premier étage, que nous avions pris possession des lieux. Idem pour notre seconde journée et notre retour de la capitale.

La température devait être à peine positive. Ce mois de mars était rude, pluvieux et ressemblait à s'y méprendre à un mois de novembre. J'étais tétanisé à cause des gouttes de pluie piquantes qui transperçaient ma veste et mon chandail. Ne parlons pas de mon jeans délavé. Mes pieds avaient la chance d'être chaussés de Paraboot modèle classique. Eux auraient pu continuer cette veille encore longtemps. Mais dix minutes me séparaient de l'heure fatidique du retour obligatoire. Personne n'était encore arrivé, même pas la camionnette de Jules et Jim transportant, *a minima*, Michou en djellaba.

De là où je me trouvais, je n'avais pas de vue sur l'allée latérale. Quelque chose me poussa à vérifier ce qu'il en était. J'eus du flair. Comme souvent.

∴

Je pense que je n'oublierai jamais cette soirée. Je passe sans doute pour un nostalgique à rabâcher ces jours qui m'ont tant marqué. Mais, ils expliquent à eux seuls ce que je fais dans ce train. Ils ont contribué à cette fausse carrière dans l'informatique. Et si je suis allé me promener au CeBIT, si j'ouvre les yeux à cet instant pour m'assurer que Géraldine, la femme-fusée, est encore assise avec son Stephen King sur les genoux, eh bien, tout cela, je le dois à ces premiers jours furtifs et intenses passés dans l'ombre du métier d'espion.

Hag Sameah. Salut, Sacha. Tu te souviens de moi ? Teddy ! Teddy Lichtman. Je te souhaite un bon Kippour. Cela me ferait grand plaisir d'avoir de tes nouvelles. À bientôt. Teddy.

J'amorce une énième lecture, cette fois plus fine, du contenu. Je décortique les mots, façon gambas. Rien ne me saute aux yeux, et je suis toujours inquiet de cet unique message. A-t-il eu un souci ? Pourquoi ne pas m'avoir relancé ? Il doit être renseigné sur moi, il devrait être convaincu qu'il n'y a aucun problème, que je ne suis pas une menace pour lui. Je ne laisse aucune trace de mes activités. D'autres questions m'assaillent, c'est naturel, non ? Est-il toujours un agent du renseignement israélien ? Est-il parvenu à chasser ses démons ? Pense-t-il encore parfois à moi ? Comme moi je pense à lui, à l'occasion. Bien sûr qu'il pense à moi, il y a au moins pensé une fois, le jour où il m'a envoyé ce message. Peut-être aussi les jours d'avant, puis ceux d'après avec ce silence qu'il ne sait pas involontaire. Mon reflet dans la vitre ne change pas, j'ai l'impression d'être une montagne qui attend d'en rencontrer une autre.

J'ouvre la canette de bière, et je la siffle d'une traite. Je me lève et me sépare de son cadavre dans la petite poubelle de l'allée opposée. Cela me donne l'occasion d'attirer le regard du SS-20, elle est toujours plongée dans sa lecture, à quelques mètres de moi. Ça ne loupe pas. Un instant, je joue à celui qui hésite, qui rougit même. Je tourne un peu en rond tel un ballerin qui tente de se caler sur la canne du maître. Une dizaine de mètres nous sépare, je suis assis en milieu de voiture, sur une place double. Géraldine est en début de wagon ou en fin, c'est selon. Elle est assise, côté allée, dos à la paroi. Il n'y a aucun voyageur dans l'espace de quatre qu'elle occupe avec ses sacs, ses documents éparpillés et le livre de King.

Par chance, les commodités se trouvent de ce côté de la voiture. J'hésite encore un peu. Je la regarde, m'interroge sur la véracité du sommeil d'un passager avachi entre nous. Nous sommes trois sur une vingtaine à ne pas nous être rendus au diner. Même pas un verre à boire ou quelque chose à emporter. Il nous reste une heure et quelques de trajet. Peut-être sommes-nous trois pour une bonne raison, peut-être la même ? Je fais à nouveau mine de barguigner, et me lance. Je n'ai rien à perdre, que du contraire.

La moquette au sol est onctueuse comme une mousse de lait sur un café viennois. Mes pas sont étouffés par l'épaisseur des fibres. Lorsque je passe à côté de Grichka comme je l'ai si bien surnommé, rapport à sa mâchoire anguleuse, sa fossette taillée à la faucille, et son menton sculpté au marteau, je m'arrête un très court instant. Je bloque sur les mains de l'endormi, elles sont disproportionnées. J'imagine mon cou pris dans cet étau d'escalopes. D'ici, c'est presque imperceptible, mais Géraldine baisse les yeux à ce moment précis.

Encore trois mètres. Je me retourne. Je suis sur elle et m'impose une halte semblable, aussi fugace. Elle me jette un regard neutre, envoie ses yeux par-delà mes épaules et replonge dans sa lecture. Je continue ma route.

J'entre alors dans les toilettes. Un parfum alpin y est diffusé en permanence. Il y a toujours assez de papier toilette en première classe.

Je ne suis pas du genre à me chronométrer lorsque je suis supposé faire quelque chose. Je le fais, à balle réelle, c'est tout. Inutile de feinter, il manquera toujours ce petit détail qui marque la différence. Alors, je me rince les doigts, j'urine tranquillement en synchronisant mes mouvements sur ceux du train que je tente d'anticiper, en vain. Je termine et me lave les mains avec précaution. Pour l'odeur et pour une question de crédibilité, j'exagère sur le savon. Je quadruple la dose. Et je finis par sortir de la cabine avec cet air que je maîtrise à la perfection et qui consiste à simuler celui qui a la tête dans les nuages tout en époussetant ma veste de costume et ma chemise bleu ciel.

La porte s'ouvre devant moi, automatiquement. C'est sans doute comme cela à l'heure des repas, pour éviter que les plateaux ne valdinguent au moindre dénivelé du ballast. Je retiens mon souffle et m'engage.

— Vous êtes franc ! me fait remarquer la jolie brune que la proximité rend davantage rousse.

— Pardon ? demandé-je.

— Oui. Vous êtes franc. Ou alors idiot ?

— Ah bon ? Je ne comprends pas. Navré, fais-je d'un air goguenard.

— Vous êtes allé aux toilettes, non ? me demande-t-elle si vertement que je pourrais prendre ça pour une invitation à y retourner, mais accompagné cette fois.

— Déjà ? que je demande.

— Déjà, quoi ? Je ne comprends pas.

— Non. Rien.

— Vous avez laissé votre ordinateur et votre téléphone à votre place. Je me demande si c'est bien prudent, me dit-elle en tendant l'index droit vers mon siège.

— Ça l'est, puisque vous l'avez remarqué. Vous seriez intervenue en cas de vol, non ?

— Je ne sais pas. Vous voyez, vous êtes franc. Et bien sûr de vous, aussi.

— Je le suis. Et je fais confiance au sens civique commun, lui dis-je en la regardant droit dans les yeux qu'elle a de très verts.

Ma phrase est à peine terminée que Grichka se lève et nous dépasse. Lui aussi doit avoir un besoin pressant. Je compte, et retourne m'asseoir.

∴

Une Golf immatriculée en France, dans le Nord, département 59 pour être précis, est garée dans l'un des garages du pavillon. Les portes faites de poutres sombres sont entrouvertes. Prudent, j'avance, caché sous le petit balcon tout en balayant du regard les points cardinaux. Il me reste cinq minutes avant d'entrer. Passé ce délai, qui sait ? Je serai hors- jeu ou blâmé. Je n'en sais rien. Je touche le capot, le moteur est encore chaud, bien chaud. Soit l'invité est arrivé à l'instant, soit son voyage jusqu'ici a été long.

L'instant se fige. Ma mémoire encore, les détails toujours. J'ouvre les yeux. Je distingue le noir de cette nuit, encore mieux depuis que je viens de quitter les yeux de la vitre du train. Retour dans le passé. Mes paupières se referment.

Une silhouette accompagnait celle de David. Les deux hommes discutaient derrière la fenêtre de l'arrière-cuisine. Un simple voilage imprimait les corps en ombres chinoises, mais j'en distinguais précisément les courbes. L'inconnu semblait calme, alors que David, déjà simiesque d'allure, gesticulait comme un bonobo cherchant un partenaire de jeux sexuels. C'est ce calme incongru qui trahit l'ombre inconnue. Il me restait deux minutes. Je fonçai pour revenir à l'avant de la scène et toquai avec précision, mais à coups feutrés, sur le bois de la porte vitrée de la cuisine. David ouvrit instantanément tout en regardant vers l'arrière, comme s'il vérifiait quelque chose.

Au milieu de la pièce, il y avait une table carrée autour de laquelle subsistaient deux chaises sur les cinq pourtant présentes à midi. Trois d'entre elles avaient disparu. David fixa sa montre, je tentai de m'asseoir quand il m'invita à passer dans le salon. Un bruit étouffé, presque imperceptible, parvint de la buanderie. J'imaginai que l'ombre était là, tapie et aux aguets, vigilante et surtout soucieuse de ne pas apparaître devant moi.

David me précéda dans le couloir. Quelques sacs de voyage attendaient d'être évacués devant la porte d'entrée. Il faisait trop noir pour que je distingue suffisamment de détails m'aidant à déduire quelque chose. Cependant, c'est à l'intérieur du salon que j'eus la confirmation du sentiment qui me maintenait en alerte. Les chaises de la salle à manger n'étaient plus que deux, elles aussi. Un canapé et un fauteuil avaient disparu et avec eux les espoirs de Michou, Zizi et Gus de rejoindre les rangs du Mossad. Du quatuor de départ, j'étais désormais seul en lice.

Dans un silence théâtral à la Besson, David me servit un bon repas dans des gestes précis, économisés. Un plat de légumes passé au four, une sorte de moussaka, mais sans mouton, sans aubergine. Cela étant, il me réchauffa les entrailles. J'avais insisté pour manger dans la cuisine, car je voulais contraindre l'ombre à se dévoiler. Je voulais qu'elle sorte de la pièce remplie de conserves, du lave-vaisselle et de quelques babioles ménagères. Je voulais qu'elle me dise : « salut Sacha », et moi de répondre, « hello Teddy ». Mais ce ne fut pas le cas. À la fin du dîner, je fis mine d'aller remiser nos assiettes dans la pièce où mon ami se cachait de moi. David fut plus rapide et m'indiqua qu'il n'y avait pas besoin de lave-vaisselle pour deux assiettes et quatre couverts. Une sorte d'élan écologique. De la main droite, je lui tendis avec bravade les deux verres serrés entre mon pouce et mon index. Pour toute réponse, je reçus un *niet*.

On m'avait aussi changé de chambre. Arbitrairement. Je n'étais plus basé à l'arrière dans cette petite pièce avec ce lit d'adolescent, ces couvertures qui grattaient et ce papier peint *made in seventies*. J'avais maintenant vue sur la rue montante, et un réverbère inondait la pièce de la lumière orangée qu'il crachait à travers les joints béants d'une persienne en plastique bon marché. Comme chaque soir, David ferma la porte de ma turne à clef, derrière lui. À travers la lourde, il me souhaita une bonne soirée. Et je n'entendis plus rien avant le milieu de la nuit jusqu'à ce que le cliquetis singulier du moteur d'une Golf diesel me sortît de la torpeur dans laquelle j'étais inconsciemment plongé. Le bruit de la voiture qui claque sur l'arête du trottoir m'interpella. Teddy avait dû freiner sec pour ne pas planter la voiture dans celle d'en face. David se jeta sur le trottoir et lui fit un signe « stop » de la main.

Teddy s'extirpa du véhicule et lui signala du pouce que tout allait bien. Il leva son regard vers la fenêtre derrière laquelle j'observais maintenant la scène, le volet légèrement espacé. Il resta là quelques secondes et tendit le pouce, sans me voir, à mon attention. Puis, il remonta en voiture et fila.

Le matin vint enfin, mais les réponses à mes questions étaient coincées quelque part entre ma glotte et ma trachée.

— Une fille, me répondit David. Tout simplement une fille.

— Mais quoi ? N'importe laquelle ? demandai-je.

— Oui. Tu choisis. Tu verras, dans tes missions futures, tu n'auras pas toujours le choix. Mais comme tu as été performant hier, je ne dirai rien à mes supérieurs des largesses que je t'accorde.

— Ce n'est pas parce que les autres ont échoué que j'ai réalisé une performance hier, rétorquai-je avec aplomb.

— Personne n'a jamais réussi le premier test à la moitié du temps alloué. Tu croyais quoi, hein ? Qu'on n'allait pas te suivre ?

Cette dernière remarque me laissa songeur et inquiet à la fois. S'ils avaient tout vu, cela signifiait qu'ils n'avaient pas perdu une minute de mes tribulations. J'espérais que durant ma première aventure parisienne, les surveillants que je n'avais pas vus m'avaient vraiment loupé durant les dix minutes que je m'étais accordées rue Vaugirard en compagnie de Bob.

David, tout comme les livres que j'avais lus, avait

insisté sur le fait que la séduction était l'une des armes les plus redoutables de la panoplie d'agent secret. La plus redoutée aussi. J'avais toujours en tête l'acronyme MICE[8], si cher aux espions et en particulier aux officiers traitants. Quatre lettres représentant les piliers pour entreprendre la manipulation parfaite.

Pour espionner, voler, tricher, ou encore trahir leur pays, certains sont enclins à le faire pour de l'argent.

D'autres agissent simplement lorsque les cordes de leurs croyances, de leur religion, sont sollicitées. Mais aussi quand ils sont convaincus de poursuivre un plus grand idéal encore que celui qu'ils servent.

Il arrive aussi que pour retourner une personne contre ses amis ou les intérêts qu'elle représente, il faille la mettre en mauvaise posture, la faire craquer, la faire chanter, la menacer.

Enfin, il existe une catégorie d'allumés qui ne fonctionnent qu'à la vanité, au désir de se mettre en avant. Ils sont parfois mus par l'aventure, rien que l'aventure.

Mais on ne le dira jamais assez, la torture et l'argent sont les voies débonnaires quand l'urgence toque à la porte du bar aux espions, car sous la torture, la source dit tout pour que ça s'arrête, alors que l'argent l'amène à tout faire pour que ça continue.

Toutefois, je n'en étais pas là. Devant les restes de notre petit-déjeuner, David me détaillait l'exercice

---

[8] Money – Ideology – Coercion – Ego.

suivant, celui qui clôturait cette entrée en matière, ce premier stage. J'avais donc le choix de la cible. Une fille. C'était déjà un bon point de départ. Je tremblai à l'idée d'un jour avoir à séduire un homme, mais je fis tout pour le cacher. Les instructeurs aiment tripatouiller les entrailles émotionnelles pour y trouver les angoisses des pauvres apprentis.

David me donna ainsi plusieurs *spots* parmi lesquels je pouvais faire mon choix. Je demandai pourquoi les quartiers juifs de Paris m'étaient interdits, il me répondit : on n'espionne pas les nôtres. Une petite voix intérieure m'indiqua que si cela semblait logique, ce ne l'était pourtant pas. Combien de Juifs militaient pour une Palestine libre ? Combien d'Israéliens déçus par la politique de Shamir étaient-ils prêts à sacrifier certains des leurs ? En ce mois de mars, personne ne savait encore qu'Yitzhak Rabin deviendrait, en juillet suivant, le treize pour être précis, l'artisan de la paix. Alors, oui, je ne comprenais pas trop pourquoi je ne pouvais m'exercer dans un quartier juif et tenter de séduire une Juive avec mon superbe accent hébreu et mes cinquante pour cent de sang pied-noir que complète équitablement un sang ashkénaze.

C'était comme ça, pas autrement. Bien sûr, j'aurais pu faire de l'esclandre et m'emporter. J'aurais même pu jouer l'élégant et m'offusquer de la discrète présence la veille de mon meilleur ami, celui-là même qui m'avait mis dans les mains du Mossad, au cœur de son programme de sélection.

∴

CHAPITRE IV
TAM

Le train est en approche de la gare d'Aachen. Terminus. Les autres passagers sont tous revenus dans le wagon. Certains ont encore les stigmates du repas sur la cravate ou en bord de boutonnière. Le rassemblement des bagages a commencé, l'inspection des interstices de sièges aussi. Pour éviter de sombrer dans mes souvenirs, et parce que je dois maintenant être attentif à ce qui va se passer, je préfère me plonger dans mon Grimmelshausen, une fois de plus.

La guerre de Trente Ans m'intéresse bien sûr, c'est mon côté historien. Une lecture plus philosophique de l'œuvre nous apprend l'envie de nature, du questionnement de soi, mais aussi du besoin que nous avons des autres, parfois, ou d'être seul, souvent. Au fil de mes lectures, dans l'ordre comme dans le désordre, par passage ou au hasard, j'ai appris à aimer ce personnage venu au monde sans rien. Sans nom. Ni éducation, ni aisances, ni facilités. Nada. Sa seule faculté d'adaptation et un peu de chance l'ont mis sur des chemins dont il ignorait jusqu'à l'existence.

Comme Simplicissimus, dans quelques minutes, je vais tenter de jouer mon va-tout. Tout comme vingt-huit ans plus tôt, je dois me parer tel un paon à faire la roue. Celle de la séduction.

∴

David, en fin instructeur, était correctement renseigné sur mon compte. Disons-le tout de suite, les informations provenaient de Teddy. Elles étaient donc précises, pesées et contextualisées. Teddy avait eu le temps de me questionner à nouveau sur ce que je lui avais déjà dit, et à maintes reprises. Il avait croisé toutes les informations nécessaires à ses yeux. J'étais constamment tiraillé. Teddy m'avait-il joué la comédie de l'amitié en organisant tout jusqu'à notre rencontre ? Ou avait-il été sincère, plus sincère qu'avec quiconque ? Il s'était ouvert à moi sur sa réelle implication dans la protection de l'État d'Israël. Pourquoi ? Je comptais bien en avoir le cœur net, un jour.

Dans la liste des arrondissements et quartiers où il m'était permis de mener ma mission en conditions réelles, il y avait ce triangle grossièrement dessiné au feutre rouge sur la carte. Il délimitait une zone entre les avenues de Choisy et d'Ivry ainsi qu'une partie du boulevard Masséna. Environ deux kilomètres carrés étaient à ma disposition. Je décidai d'y opérer à ma manière. J'avais jeté mon dévolu sur l'épicentre du quartier asiatique pour plusieurs raisons. Tout d'abord, à l'époque encore relativement novice en aventures sexuelles exotiques, ces filles à la corpulence mince, aux cheveux noirs et lisses, m'attiraient. Ensuite, parce que je me croyais intellectuellement bien équipé pour relever le défi. N'oublions pas que *Simplicissimus, l'aventurier* était un compagnon de voyage récent. Mes livres de chevet étaient, depuis six ans, *L'Art de la Guerre*, de Sun Tzu et ses innombrables traductions. Mais il existait une raison plus machiavélique à l'option que j'avais choisie. Dans un quartier à haute fréquentation asiatique, je verrais arriver les nouveaux Jules et Jim, et de loin.

David me déposa à midi tout près de la place d'Italie. J'avais été laconique sur le choix du terrain de chasse, et j'avais joué la carte de l'indécision pour qu'il me *droppe* au point central de l'échiquier. Il gara la voiture le long d'un jardinet situé juste en face d'une pharmacie moderne. Les arbres étaient encore nus, quelques passants, sous des parapluies sombres, pressaient le pas sous la pluie.

— Tu es prêt ? me demanda-t-il.

— Oui.

— Tu as bien compris ?

— Oui. J'ai bien compris.

— Tiens, voilà une enveloppe. Il y a cent balles dedans.

— On se retrouve dans trois jours, lui dis-je avec un certain énervement dans la voix.

— Répète.

— On se retrouve…

— Non, répète quelle est ta mission !

— Je trouve une gonzesse avant vingt heures ce soir, je dors avec et chez elle deux nuits. Le troisième jour, tu te pointes pendant qu'elle est absente et je t'ouvre la porte de son logement. C'est compris.

— Sans la tuer, sans la payer, sans la droguer ! Et elle doit vivre seule.

— Elle doit vivre seule, c'est ça.

— Et personne ne doit pouvoir te filocher.

— Personne, c'est entendu.

Je pris l'enveloppe et sortis de la voiture sans demander mon reste. Ce n'était pas que la pression fût forte, mais David commençait à franchement me sortir du nez avec son air supérieur, ses cheveux noirs, ses yeux bleus, sa carrure de rugbyman, ses lèvres charnues et la bouche toujours ouverte. Je fis le tour de la place tout en observant l'environnement autour de moi. Je repérai les voitures en notant dans ma tête quelques numéros de plaques associés à des modèles et des couleurs. Les voitures avec des égratignures et éraflures focalisaient mon attention. À Paris, elles pullulaient. D'emblée, je les écartais de mon abaque d'alarmes.

Faire de la monnaie ! Casser le billet de cent francs français était nécessaire. Je rentrai donc dans un bistro-tabac-PMU qui ne m'était pas inconnu, commandai un petit crème et en profitai pour m'offrir un paquet de Camel. Je n'avais rien fumé depuis six jours. Un bon pétard m'aurait fait du bien. Alors je comptais sur la chance, et la priais de m'envoyer une cible, si possible propriétaire de quelques fleurs de cannabis pas trop sèches. Dans mon champ de vision, rien d'alarmant. Il était temps pour moi de plonger en eaux troubles et de semer mes éventuels poursuivants. Mais avant cela, un besoin pressant changea mes plans. Je suivis les indications du barman à la moustache cendrée et à la nuque dégagée. Par bonheur, ce vieux café – c'est pour cela que je l'avais choisi – disposait d'une cabine téléphonique au sous-sol. J'insérai une pièce de cinq francs dans l'appareil et préparai mon évasion, méticuleusement.

Pour mieux tromper mes nourrices, je pris d'abord le métro, tout en déambulant à mon aise à chaque station où je marquais l'arrêt. Contrairement à ce que font les héros dans les films d'espionnage – même les bons – je ne regardais pas dans les vitrines pour vérifier si j'étais suivi. Il ne faut jamais laisser penser que le dispositif est repéré, sauf si on veut l'affoler et le muscler. Ce n'était pas mon cas. Je sortis à Chevaleret et pris la direction du pont de Bercy, avec en tête l'intention de simuler un passage de l'autre côté de la Seine. En tournant rapidement à gauche, je me mis à courir jusqu'au moment où je bifurquai à droite, rue Fulton. Là, comme prévu, le taxi m'attendait. Un simple coup de fil m'avait permis de m'évaporer.

Le premier taxi me déposa près de l'hôpital Saint-Antoine, dans le XIIe. Je me rendis d'abord aux toilettes. Enfermé, j'ôtai ma chaussure et y récupérai les trois billets de deux cents francs que j'avais cachés sous mes semelles intérieures et les installai au fond de ma poche avec la monnaie restante faite sur le billet de cent francs donné par David. Je me sentais déjà bien mieux équipé pour ma bourlingue. Au premier temps réservé à l'élaboration de mon plan, il m'était apparu qu'un hôpital, plein d'une multitude de petites infirmières et d'ouvrières, était tout indiqué pour démarrer la chasse. Mais alors que j'étais assis sur le rebord des toilettes, une nouvelle idée me traversa l'esprit. Une idée plus, comment dire, chafouine. Mon scénario prenait forme, mon personnage naissait, sa légende aussi.

En toute hâte, je me rendis au sous-sol, près des locaux du personnel d'entretien. J'avais enveloppé ma veste autour de ma taille et mes manches étaient retroussées. Je respirai l'ouvrier occasionnel. Au troisième local, la porte était ouverte, la salle vide. Je me précipitai, ouvris tous les tiroirs et finis par trouver ce que je cherchais. Je repris l'ascenseur en sens inverse.

Le troisième étage était en grande partie réservé aux soins de jour. Dans l'aile droite, de nombreux pédiatres pour ados, des spécialistes en croissance et des kinésithérapeutes recevaient en consultation. Les couloirs étaient engorgés, les salles d'attente bondées. Il y avait là des Noirs, des Jaunes, des enfants seuls, des mères protectrices, des pères hantés par ce qui se passait au bureau, des nounous qui n'avaient même pas de Sécu et un tas d'autres gens plus différents les uns des autres. De nombreuses infirmières étaient présentes aussi, et quelques médecins qui mimaient un coup de téléphone, le cornet relié par un câble torsadé à une valisette Radiocom 2000, pour ne pas avoir à saluer Tartempion et Trucmuche, et qui louvoyaient entre les patients.

J'étais au bon endroit.

∴

Miss missile de croisière 2019, alias Géraldine, descend du train alors que je me lève en même temps que Grichka. Il n'a pas le sourire aux lèvres. Moi non plus. Sa visite aux commodités n'a duré qu'une minute dix. Alors, ou il a vidangé la vessie sans se laver les mains au moins une fois l'opération terminée, ou alors son seul but est de nous approcher, de la sermonner à coups de silence ou de lui faire bien comprendre qu'en fait, elle n'est pas seule. Je n'en sais encore rien. J'ai vu des gars capables de pisser plus vite qu'une équipe de mécaniciens qui change les pneus d'une Formule Un, sortie des stands incluse. Mais généralement, ils portent les stigmates de la dernière goutte.

Mon smartphone reste l'ultime objet présent sur la tablette. Mon sac de voyage en cuir brun est en travers des deux sièges. Je me rapproche de la vitre dans laquelle mon reflet m'apparaît fatigué, transformé par la pluie qui s'abat sur les vitres. Je tente de voir au-delà. En effet, il pleut. Je passe donc mon imperméable, je remonte mon col et balance mon sac à dos sur l'épaule droite. Question d'habitude. Je tâte la poche de mon veston, je suis prêt à dégainer cigarette et briquet. Un simple briquet Bic de couleur sombre, le genre de feu que l'on peut oublier, prêter et qui ne laisse aucun souvenir.

Géraldine est déjà sur le quai. Bien que je sois sorti par le côté opposé, j'emboîte le pas de Grichka. C'est fait, je fume. C'est bon, jouissif. Je ne suis pas le seul à défourailler la nicotine. Quatre heures, c'est long. Le train émet un relâchement, comme une flatulence goudronnée, dégueulasse. La mécanique aussi a besoin de se déraidir, de temps en temps. Quant aux autres fumeurs quittant le quai, ils ressemblent tellement à une cohorte de michelines que je crois entendre siffler les trains. *Sans un adieu.*

Il est vingt-deux heures, le hall de la gare est toujours ouvert. Par contre, la faune est différente de celle que j'ai aperçue trois jours plus tôt. À l'aller, j'ai pris le train en matinée. Mon retour est plus exotique. Peur n'est pas faiblesse, mais je reste vigilant. Deux ou trois gars n'ont vraiment pas des gueules d'anges. Ils seraient plutôt du style à accélérer la rencontre avec les séraphins qui ouvrent les portes de l'éternité. Je me décale, toujours concentré.

Aux abords de cette gare, comme aux environs de n'importe quelle station, les alentours sont malfamés. J'y croise quelques junkies, deux ou trois putes, des michetons cherchant la plus fraîche d'entre ces dames ou peut-être la moins fréquentée. Il y en a même un qui approche Géraldine, que je suis discrètement, et qui lui demande les tarifs, avec et sans pipe. Ce serait une occasion pour moi d'intervenir si le monologue s'intensifie, mais non. Cela me permet toutefois de constater l'absence de Grichka.

Elle entre dans la zone de parking. Je sais qu'elle va devoir passer à la caisse, alors je hâte le pas pour y être en même temps qu'elle. Cela ne loupe pas. Sous les néons pourris d'une demi-cage d'escalier, Géraldine est là, devant l'automate, le ticket pincé entre les lèvres, le sac en bandoulière et la valise de voyage coincée entre les mollets et chevilles. Non sans difficulté, elle sort la carte de crédit du petit portefeuille en maroquin rouge. Pour ma part, ma CB est dans ma poche de chemise depuis que le train s'est arrêté.

L'opération bancaire terminée, elle continue sa route, mais me jette un regard profond, presque apeuré. J'ai eu ma chance, je ne l'ai pas saisie. Au loin, je vois sa silhouette et le déclenchement des clignotants de son véhicule. Au revoir, belle Géraldine. « Mon Pershing n'aura pas raison de vous », dis-je à voix basse. Derrière moi, une ombre s'est avancée, elle aussi a la carte de banque déjà dégainée. Le souffle est court et si proche qu'il me lèche déjà la nuque.

∴

Sur l'un des bancs du jardin de Reuilly, face à la passerelle métallique, à l'abri des regards près d'un orme, j'inventoriais le résultat de mon vol en série. En route, j'avais balancé tout ce qui n'avait aucune valeur et tout ce qui pouvait me relier à mon récent larcin. Pour le tout-venant : des tickets de métro vierges, des bons de réduction provenant de fast-foods, et quelques pièces de monnaie étrangères : lires, livres, dollars. Deux médailles de saints chrétiens complétaient la ferblanterie. En revanche, côté papier à l'effigie des peintres, des écrivains et des philosophes, j'étais verni. Pascal, Montesquieu, de la Tour et Delacroix étaient à l'affiche. Deux mille sept cents francs au total. Un festival, une rétrospective monétaire française. Un archétype de rafle.

Je n'avais aucun mérite. La clef dérobée plus tôt dans le local d'entretien ouvrait sans exception toutes les cabines. J'avais simplement eu à me faufiler dans les trois petits couloirs, à tourner le passe dans les serrures et à ouvrir les portes pour détrousser habits, poches, sacs et portefeuilles qui attendaient leurs propriétaires. Au départ, j'avais ciblé cet étage du complexe hospitalier pour voler des fringues et un peu d'argent, mais ma campagne s'était révélée plus providentielle que prévu. Je m'adaptais au terrain.

Il était maintenant quatorze heures. Le square se vidait, pourtant le soleil était enfin de la partie. Après un autre tour en taxi et une halte dans un magasin de seconde main dont je ressortis avec un look un peu différent du mien – T-shirt à col en V, pull léger, jeans, baskets Stan Smith et une sorte de caban sur le dos –, je pouvais souffler un peu. Les rayons débordaient de choix, et j'y avais trouvé toute la panoplie nécessaire à mon nouveau rôle, sac de voyage élimé compris. Aller jusqu'au bout des choses a toujours été pour moi comme une seconde nature, aussi entrai-je tout bonnement chez le premier coiffeur venu. Ce dernier me fit une coupe bleue, les cheveux à ras, comme Teddy. Cette proximité capillaire m'amusait.

Délesté de mille francs au total, il me restait donc

à prendre un dernier taxi pour me rendre sur ma zone de chasse. Plus il s'enfonçait dans le boulevard d'Ivry, plus les sinogrammes remplaçaient l'alphabet latin moderne. Je demandai au chauffeur de me laisser juste devant une sorte de solderie. J'y pénétrai, y achetai quelques souvenirs pour parfaire mon attirail et donner de la crédibilité à mon histoire.

Quoi de plus international qu'un restaurant McDonald's ? De la Bretagne à Saint-Pétersbourg, en passant par Vienne et Riga, tous les pied-à-terre du clown Roy exhalent les mêmes parfums, sont équipés de meubles similaires disposés de la même façon. Ils sont souvent le lieu de sustentation favori des jeunes gens ainsi qu'un lieu d'emploi pour étudiants désœuvrés. Les *Mcjobs* sont reconnus pour offrir aux *taffeur*s flexibilité et prise de poids. Dans la dernière dizaine du second millénaire, dans ce quartier chinois, le fast-food n'échappait pas à ces règles, mis à part quelques idéogrammes sur la devanture ainsi qu'une carte disponible en mandarin.

La place stratégique dans ce genre d'endroit n'est pas, contrairement à ce que peut penser le commun des mortels, près des vitrines, mais plutôt à mi-distance entre le comptoir et la sortie. C'est l'endroit le moins choyé par les couples avec ou sans enfants. Les bandes de potes, quant à eux, préfèrent souvent les banquettes en bout de salle où le chahut est toléré.

Je jetai mon dévolu sur une petite table à quatre places. En ce milieu d'après-midi, l'heure n'était pas au déjeuner, on y venait surtout pour lire autour d'une tasse de café plastifiée ou pour étudier en compagnie d'un milk-shake. Pour ma part, j'avais les crocs et pris un grand menu *full option*. Tout en mangeant sans me presser, j'observais les gens autour de moi. Je faisais un repérage méticuleux des expressions faciales, estimais le niveau de célibat de l'une ou de l'autre et cherchais à découvrir les failles sur les visages.

Cette Européenne à l'allure grunge semblait attendre son gars. Cinq minutes plus tard, l'arrivée d'un Chinois tout droit sorti d'un film de Bruce Lee, sec, le regard haut et la démarche rebondie, me donna raison. Une Asiatique fortement typée, petite et boulotte, me semblait être un choix honorable, mais quatre de ses amies vinrent ruiner ce qui aurait pu être la source de tous mes espoirs. Il fallait bien feinter, je ruminai.

Dans le renseignement, il ne faut jamais négliger le facteur chance et encore moins son opposé : la scoumoune. La règle des 6 P doit toujours être respectée : la Préparation Préalable Prévient d'une Prestation Pitoyable, Putain.

Tout était prêt de mon côté, j'attendais un signe positif de la vie.

Elle avait un regard profond, des yeux en amande couleur Mékong. La présence de pommettes saillantes et un nez droit laissaient à penser qu'elle était métissée. De prime abord, je la pensais chinoise de père ou de mère. Son corps était élancé et se mouvait avec une élégance très parisienne, légère et désinvolte. Assise à trois tables de moi, les yeux rivés sur un magazine de mode, elle paraissait inspirée. Les jambes croisées, son pied gauche battait la mesure en l'air, alors que le droit l'ancrait fermement dans le sol lisse et gras. Ses mains étaient fines, les doigts longs et le poignet menu. Une seule bague à l'index. Elle devait avoir un peu moins de trente ans.

Tout en elle laisser à penser qu'elle vivait seule. C'était le genre de fille qui s'assumait. Derrière les épaisses loupes, ses yeux virevoltaient sur le spectacle désolant du temple de la malbouffe. J'allais entrer en représentation moi aussi. Le happening pouvait commencer, comme prévu.

Je venais d'engloutir la dernière bouchée d'un ersatz de sandwich. En me levant, expressément, je renversai le gobelet de Coca-Cola sur la table. Ce dernier roula, et le liquide inonda le sol lipidique. Feintant une certaine désorganisation générale, je me mis à éponger la table à grands coups de serviettes en papier, avant de réaliser la même opération à quatre pattes. Elle releva le regard une première fois vers moi. La poubelle n'était qu'à deux mètres de la table où Samantha se trouvait. Je trouvais ce *nickname* fabuleux, il lui allait à la perfection. C'était surtout ma première Samantha. Gauche comme pas deux, je me débattis avec le couvercle de la poubelle et mon plateau. J'étais dans mon rôle. Pour finir, après avoir ramassé la boîte à demi vide des frites qu'il me restait et m'être assaisonné les doigts d'une sauce aigre-douce adipeuse, je retournai m'asseoir dépité et sans gêne. Deuxième coup d'œil, alors que j'épuisais l'impressionnant stock de serviettes fauchées dans le distributeur.

Comme un clown sortant d'une boîte, je sautillais. Debout, les mains sur les hanches, je traquai du regard le sol à la recherche d'un objet imaginaire. Je tournai et tournai encore autour du tabouret scellé à la table. Puis, je me baissai faisant mine de ramasser quelque chose de petit et le plongeai avec précaution tout au fond de la poche avant droite de mon jeans.

Une fois assis, à nouveau, je dépliai sur l'entièreté de la table une carte de France que je recouvris par un plan détaillé de Paris. Samantha semblait ne pas être très pressée de me rejoindre. J'aurais même parié que le spectacle que j'offrais était sinon à son goût, au moins piquait-il sa curiosité. Trois minutes sans que rien ne se passe. Sam – nous étions presque intimes puisqu'elle m'avait encore regardé à cinq reprises – manifesta quelque mouvement. Le signal pour moi, celui de ferrer le poisson.

— Excusez-moi, Madame, lui dis-je. Pourriez-vous surveiller mes affaires pendant que je vais me chercher un café ?

— Oui. OK, fit-elle, étonnée par ma demande.

— Merci.

Je pris la direction du comptoir. Je m'arrêtai un instant, laissant le temps suspendu, car je savais qu'elle m'observait. Dans un demi-tour coquet, le regard un peu plus sûr qu'au cours des minutes précédentes, je l'interrogeai, à nouveau et à plus haute voix.

— Vous aussi ? dis-je en désignant du menton le tableau du menu.

— Moi aussi, quoi ?

— Voulez-vous un café ? tentai-je. Autre chose, peut-être ?

— Non, merci. Je dois y aller.

Une première touche qui entraîne une remontée du poisson sans coup férir n'étant pas forcément synonyme de bonne prise, tout comme un relâchement ne signifie pas toujours un retrait de l'hameçon, je décidai de taquiner la bête à nouveau.

Mon attitude avait changé. J'avais modifié le rythme. Plus assertif, roulant un peu des mécaniques, je jouais le type outré d'avoir essuyé un refus. Toutefois, je la remerciai de la tête avec un peu de désinvolture. Prêt à jouer mon va-tout. Je m'assis à nouveau devant la carte de Paris, le gobelet en pleine pogne.

Sam se leva, prit ses affaires, déposa avec classe le gobelet vide de milk-shake dans la poubelle. Et me toisa.

Atout cœur ! Lorsque explosa la tasse en travers de la carte et du plan déployé sur mon bureau de fortune, Sam eut d'abord l'air d'être fâchée. Mais quand son regard attendri croisa le mien, plein de désespoir, je sus que j'avais gagné, qu'elle était celle que je cherchais.

∴

Ça sent l'urine à plein nez. Quelques flaques d'eau jonchent le sol gris dans lequel sont gravées des marques de pneu. Le type est encore à l'automate. Je ne me suis pas retourné. Je n'ai même pas tenté de l'identifier dans le reflet de la vitre de la porte qui donne sur le parking. Cela étant, je n'en mène pas large. Son ombre imposante et le souffle maîtrisé m'indiquent une personne en possession de ses moyens. Je dois paniquer ! Un consultant en informatique n'a pas l'assurance d'un boxeur de rue, sauf peut-être après quinze bières ou sous amphètes.

La Peugeot de Géraldine quitte le parking. Plaques allemandes, immatriculation berlinoise, qu'avais-je à attendre d'elle ? Une pipe à l'arrière d'une berline ? Je ne suis pas grand seigneur, *mais les monarques et leurs figurines*, c'est pour les *scélérats à qui sourit la vie*. J'arrive près de mon véhicule et l'ouvre à distance. Mes clignotants ne bronchent pas. Par chance, l'ombre que je suppose s'appeler Grichka essaie encore de payer son ticket. Tant pis pour lui. Alors, je me presse un peu, je fous tout le barda à l'arrière, j'allume une cigarette, fait démarrer la voiture, prends le contresens pour passer devant l'ombre. C'est bien Grichka qui est en difficulté avec l'automate de paiement. Je peux maintenant vous avouer que j'y ai glissé une carte de fidélité FNAC qui n'est même pas à mon nom.

Quinze minutes plus tard, je passe la frontière après avoir fait le tour d'Aachen. J'ai évité l'autoroute pour me retrouver en Belgique, j'ai pris cette route que tout le monde appelle la route Charlemagne, en hommage à cette voie de communication, qui s'étale de Soissons à Aachen, créée par l'empereur. C'est un peu la route Napoléon des Francs. Dans le village de La Calamine, pas âme qui vive. Les bistros sont fermés. Ça doit bien faire presque trente ans que les douaniers ont déserté les lieux.

Un peu plus loin, je remonte sur l'autoroute, et comme prévu je reprends la direction d'Aachen, roule une bonne dizaine de kilomètres et sors à la gare de triage autoroutière dans le sens Belgique-Allemagne. Je me gare, allume une nouvelle cigarette et m'étire un peu.

Un ballet incessant de camions traverse la frontière. Quelques poids lourds s'arrêtent pour s'acquitter de la vignette qui permet de traverser le pays de Goethe. Des Polonais, beaucoup de Tchèques et même quelques Ukrainiens, des tonnes de marchandises transitent dans des bahuts parfois à la limite du contrôle technique positif si j'en crois les bruits et les distances de freinage.

La pénombre et l'attente étant propices à la réflexion, je reprends mon iPhone en baissant au maximum la luminosité de ce dernier. Le message de Teddy est toujours affiché l'écran.

Hag Sameah. Salut, Sacha. Tu te souviens de moi ? Teddy ! Teddy Lichtman. Je te souhaite un bon Kippour. Cela me ferait grand plaisir d'avoir de tes nouvelles. À bientôt. Teddy.

Je regarde ce message à plusieurs reprises, je ne le trouve pas spécialement bizarre. J'ai pourtant soupesé la moindre syllabe, le sens des mots et me suis même demandé pourquoi m'avoir souhaité le Grand Pardon et non la Nouvelle Année. Je commence à me dire que cela n'est pas le fruit du hasard. Veut-il se faire pardonner ? Ce n'est pas son genre, et pourtant, il y aurait de quoi y passer quelques Kippour.

∴

Tamara et non Samantha. Tam et non Sam.

J'étais assez époustouflé d'avoir, à une sonorité près, tapé juste dans ce prénom. C'en était presque des onomatopées.

Tam dormait profondément. Son sommeil était serein, lourd et rassurant. Elle avait un corps de dingue. Nous venions de faire l'amour une nouvelle fois, le sommeil venait de la cueillir, seulement j'avais encore envie d'elle. Le galbe de son flanc, la légère bosse formée par son sein gauche et ses cheveux noirs si lisses éclatés sur l'oreiller semblaient former un delta. Sa peau sentait bon, sa sueur n'était pas désagréable. Son sexe sentait bon. Elle me plaisait. Le facteur chance était vraiment de la partie.

L'appartement situé dans les bureaux d'une ancienne usine était encore à l'état de travaux. La chambre, la salle de bains et la cuisine étaient toutefois pleinement opérationnelles. Les trois pièces et le salon de fortune étaient situés sous les combles. À l'étage du dessous, des tréteaux en guise de tables de dessin ou de découpes, des caisses pleines de tissus, deux mannequins, des piles de magazines et d'immenses croquis scotchés grossièrement aux murs. Ça sentait la créativité, la mode, le goût et l'audace.

Tam était âgée de trente-deux ans. Dix années de plus que moi. C'était ma première vieille comme je me plaisais à me le répéter. La baraka de ce côté-là m'avait aussi toujours souri. J'avais eu de belles maîtresses, des aventures torrides, de jolies jeunes filles, Sandrine et tellement d'autres belles choses m'étaient arrivées. Mais pour le jeune gars que j'étais, la trentenaire c'était le dahu, le Graal. Une mère à moitié asiatique et un père corse donnaient à ce mélange particulier des saveurs aigres-douces et rustiques à la fois. Tam avait la peau tannée, de nombreux grains de beauté, elle était fine et longue. Je crois que plus jamais je ne connus une beauté comme elle.

D'après ce qu'elle m'avait dit lors de notre deuxième soirée, elle était tombée sous mon charme la première fois où je m'étais levé. Elle avait compris que j'étais différent. Quand je lui avais avoué d'un air moqueur que je n'étais pas cet agent secret en mission, et que j'étais réellement un touriste égaré, elle mima l'hésitation. Elle trouvait pourtant que pour un Canadien anglophone, ma connaissance du français était exceptionnelle. Avec l'envie systématique du corps de l'autre, les mots étaient devenus futiles, voire inutiles ou même superflus. Nous baisions tout le temps. En tout cas jusqu'au moment où fut venu le temps pour moi d'aller chercher un fac-similé du passeport, soi-disant perdu, à l'ambassade canadienne.

La veille, j'avais fouillé son agenda pendant la nuit. Je savais qu'elle serait absente pour deux ou trois heures. J'en profitai pour donner de mes nouvelles à David en laissant sur un répondeur téléphonique un message ramassé. J'omis non sans malice de lui laisser le code d'entrée.

Comme prévu le lendemain matin, alors que Tam était partie, on sonna deux fois, une fois, deux fois, dix secondes d'attente, et un encore un coup de sonnette. J'indiquai l'étage et attendis de voir la fraise de David se pointer en haut de l'escalier. À peine m'eut-il aperçu qu'il se rua sur moi et me coinça contre la porte en entravant ma gorge avec son avant-bras droit. Impossible pour moi de bouger, de respirer.

— Sale merdeux. Deux jours à attendre ton coup de téléphone. Aucune info. Tu foutais quoi ? Et ce putain de code ? J'ai dû sonner, pauvre merde.

— Je baisais un mannequin, lui dis-je en le repoussant fermement. Lâche-moi !

— Allez, casse-toi de là, laisse-moi entrer !

— Non. Tu restes sur le palier.

— Barre-toi, putain. Sacha, dégage. Je dois vérifier que tout est bien en ordre.

— Tu n'entres pas, connard. Tu te barres. Moi je rentre en Belgique.

Tout dans son attitude m'avait déplu, mais je m'y attendais. J'avais triché avec moi, et m'en voulais. David était un salopard, un vicelard. Si je l'avais laissé entrer, je me serais senti sale. S'il avait violé l'intimité de Tam, je pense que j'aurais pu le tuer.

Je quittai l'appartement, un peu triste, mal à l'aise et convaincu que tout cela n'était pas pour moi. La semaine avait été éprouvante, et j'étais pourtant déjà quelqu'un de résistant. Mais plus j'avançais, plus je trouvais les procédés utilisés pour me former désuets et enrobés d'un certain amateurisme.

∴

Fin mars, je boudais encore. Teddy passait parfois me déposer un mot dans la boîte aux lettres le dimanche soir, mais j'avais repris l'habitude de rentrer le lundi matin. Je passais la fin de nuit à travailler sur ma thèse, la journée je dormais et le soir, je m'occupais de Sandrine. Depuis l'épisode Tam, mon appétit sexuel avait décuplé. Ce n'était pas pour lui déplaire, je crois. Alors la nuit, nous apprenions à nous connaître mieux encore et nous passions du temps à nous entraîner pour plus tard, pour les suivants et les suivantes.

Aux premiers rayons d'avril alors que jupes et décolletés devenaient la norme vestimentaire féminine, la plupart des étudiants entraient dans une période difficile, celle de la préparation des examens de fin de semestre. Les rues et les bistros de Mons cédaient la place aux adultes, une autre faune prenait place, surtout le soir.

Sur une terrasse, alors que je flânais, j'aperçus Teddy. Il me fit ce signe convenu au début de notre relation. Il passa la main à plat sous la table pour me faire comprendre que je n'étais pas le bienvenu. Mû par le souvenir de Teddy qui se cache dans l'arrière-cuisine du pavillon et par tout ce que j'avais subi, je fonçai, bille en tête, vers la table où il était en compagnie d'un homme âgé.

∴

CHAPITRE V
FATHERLAND

J'ai toujours le smartphone en main. J'hésite encore à répondre à Teddy. Pourtant, je ne suis pressé par rien ni personne, sinon par moi. Je n'ai pas répondu six mois plus tôt. Ce message est comme un pourriel. Pourquoi me sens-je si stressé à l'idée de devoir y donner suite ou pas ? Plus j'y pense, plus je me dis que je suis encore « en mains », qu'une partie de mon cerveau, celle-là même conditionnée presque trente ans plus tôt, est prête à lui obéir. Je ne me sens pas bien ni à l'aise avec cela. Vraiment. Le goût de ma cigarette est si différent, tellement différent que, par réflexe pavlovien, je sors de ma voiture, et fonce m'acheter un paquet de Camel à la station-service. Je balance, sans remords, mon paquet de Marlboro dans la première poubelle venue.

L'âcreté du tabac blond et ses innombrables composants chimiques activent directement les zones cérébrales et leurs récepteurs tabagiques. Ils ont la mémoire longue. Immédiatement, des signaux de satisfaction sont envoyés vers le reste du corps. Une symbiose s'opère. La nostalgie prend possession de ma mémoire, et je suis de retour sur la terrasse de Mons où Teddy discute avec ce vieux type.

La table en fer forgé, aux reflets verts, est un peu

bancale. Teddy semble ennuyé de me voir m'approcher, mais il gère son stress. Je le connais. Il se passe la main sur le crâne et me sourit. Le mien est aussi rasé que le sien ou presque. Toutes les terrasses sont dressées et bondées. Des centaines de personnes sont assises, prennent le soleil, boivent, discutent et rient. Je revois cette scène avec précision en *motion picture*. Les jupes multicolores, les bras nus, les sandales, les moustaches des hommes virils, les torses bombés comme des gorilles embrumés. La bande-son est pleine d'un brouhaha de paroles, de quelques rires, du bruit des moteurs de voitures qui tournent et retournent pour se garer, des entrechoquements des verres et d'une cloche qui sonne le milieu de l'après-midi.

∴

Teddy semblait maintenir l'équilibre de la table à l'aide de ses coudes et de son pied gauche. En baissant le regard, je remarquai la pile de cartons de bière glissée entre les pavés et la patte de fer. Les deux verres de bière ballottaient à chaque fois qu'ils bougeaient. Face à lui, le vieil homme parlait à Teddy tout en suivant son regard qui ne me quittait plus. Il finit, lui aussi, par poser les yeux sur moi et me gratifia d'un large sourire. De là où je me trouvais, je ne pouvais pas encore entendre ce qu'ils se disaient. Les mines étaient réjouies, mais cela me paraissait forcé, joué, surjoué même. Afin de briser leur ligne de défense, quelle qu'elle fût, je m'arrêtai, allumai une Camel, recrachai la première bouffée et repris ma course vers une table voisine à la leur. Au dernier moment, après avoir quelque peu dribblé leurs yeux, je saisis une chaise et me rapprochai de leur table où je m'installai sans y être officiellement invité, le dos dans le vide, la poitrine contre le dossier, la main gauche sur le genou gauche.

— Sacha Lebel. C'est bien cela ? demanda l'homme aux cheveux gris, à la barbe poivre et sel et aux yeux vitreux.

— C'est possible, répondis-je. Cela dépend de ce que vous aura servi sur mon compte mon ami qui est en face de vous.

— Sacha, je te présente Moshe Vidor. Un ami israélien de passage en Belgique, dit Teddy comme s'il était chargé de nous présenter l'un à l'autre.

— Ah, fis-je. Si Monsieur Vidor vient d'Israël, sans doute faut-il lui réserver un bon accueil ? insistai-je en hébreu.

— Votre hébreu est parfait, me répondit-il. Et comment se porte votre yiddish ? me demanda-t-il dans cette langue indéfinissable dont on dit qu'elle possède un mot pour chaque chose.

— Désolé, ce mélange d'allemand, de polack, de russkoff et d'hébreu, ce n'est pas mon fort, répondis-je en français.

Teddy se tut, mais je remarquai son visage se pâmer de rouge, ses mains pianoter sur la table et ses tempes battre la mesure. Je le fixai droit dans les yeux, prêt à en découdre. Le souvenir de la trahison de la buanderie était encore vivace.

— Tais-toi ! Tu vas dire des bêtises, me dit Teddy comme s'il s'agissait d'un ordre.

— Ah oui ? Tiens, Monsieur Vidor ? Êtes-vous de ceux qui apprécient les évasions d'hôtel par la blanchisserie ?

— Sacha ! Ta gueule, dit Teddy en prenant garde de ne pas crier trop fort.

— Alors ? demandai-je au vieil homme en insistant.

— Je le suis. J'aime aussi les gens de caractère, la mode, les métisses asiatiques et les larcins dans les vestiaires.

Je restai coi. Tam, ses origines et son boulot, OK. Mais le vol dans les vestiaires, je tombai de nues.

— Bien le bonsoir chez vous, Monsieur Lebel, me dit l'homme en se levant sans me quitter des yeux.

— Teddy, tu salueras ta maman. Et tu veilleras à offrir à notre jeune ami ici présent les explications concernant ses prochaines vacances à fleur de Golan. Vante-lui les bienfaits des eaux du lac[9]. Elles apaisent les esprits fougueux.

Il nous quitta sans plus autre mot dire. Je saisis sa bière, la siphonnai en une fois et me préparai à me prendre l'engueulade de ma vie.

— Tu as attendu le Chaman ? Ça continue pour toi, connard.

— La question n'est pas là, Teddy. La question est de savoir si je décide de continuer ou pas.

— Libre à toi. Il te reste deux semaines pour décider. Mais vu le chemin parcouru, ce serait idiot de nous quitter maintenant.

---

[9] Lac de Tibériade.

Teddy avait dans les yeux un voile d'émotion qui embuait ses pupilles. Ce même voile que j'avais aperçu lorsqu'il m'avait offert le *Simplicissimus*. De mon côté, j'étais toujours fâché, vexé pour être précis. Face à moi, mon ami, ce Teddy, avec qui j'avais passé des heures à rêver, n'était rien d'autre qu'un officier traitant spécialisé dans le recrutement. Il m'avait joué la comédie de l'amitié, j'en étais maintenant certain. Mais que pouvais-je y faire ?

∴

Teddy avait au moins raison sur une chose : j'avais fait du chemin depuis quelques mois. Tout cela était pour moi comme une sorte d'aventure moderne, et je m'apprêtais à y renoncer. Pourquoi ? Pour des questions d'orgueil, de vanité et de fierté ? Oui. Mais qui peut faire fi de cela ? Qui peut faire fi de lui-même ? Un patriote, peut-être !

Le mercredi suivant, alors que ma période de réflexion n'était pas encore terminée, Teddy se pointa chez moi à l'improviste. Ma pensée du jour consistait à mettre en balance un métier que je n'avais pas encore identifié – rappelez-vous, je voulais être Bob, rien de plus – et un métier qui m'était tombé dessus comme l'Appel retentit dans le cœur du futur ratichon. Visiblement, mon questionnement était remisé, temporairement. Teddy avait sonné, m'avait demandé auprès d'une de mes colocataires et était resté patiemment devant la porte d'entrée, les mains dans le dos, le menton sur la gorge.

Je l'invitai à entrer, mais il refusa, prétextant un

temps magnifique en levant le regard. Il préférait marcher. Une fois de plus, j'obtempérai. Que pouvais-je lui opposer ? Une tendinite, une entorse ? Nous descendîmes donc l'avenue où j'habitais pour rejoindre l'arrière du quartier. Parmi ces corons et ces maisons ouvrières, le silence était pesant. De temps à autre, une voiture passait. Je proposai à Teddy d'aller prendre un verre au *Café du Stade*, il répondit oui et non. Je compris qu'il ne tenait pas à tomber en embuscade au beau milieu des Indiens ayant pour toute eau-de-feu un amer Picon.

Nous négociâmes l'entrée au *Café Vieuxtemps*. Teddy marqua son accord après avoir poussé la porte et jeté un long regard à l'intérieur. C'était le type de bistro au mur duquel une cagnotte-épargne en bois était encore en activité. Nous nous assîmes dans le fond du bouclard. J'allumai une cigarette, et comme il l'avait sans doute prévu, je parlai le premier.

— Un truc qui ne va pas ? Ton Chaman est revenu sur sa décision de m'envoyer au pays ?

— Non, non. De ce côté-là, ne t'en fais pas. Tu pars en Israël pour trois mois. Enfin, si tu es d'accord, si tu as déjà fini de réfléchir.

— Pas encore ! Mais t'es pas le genre de gars à venir me mettre la pression, hein Teddy ? Y a autre chose, non ?

Il soupira, marqua un long temps d'arrêt puis commanda à nouveau deux bières. Il ouvrit aussi mon paquet de cigarettes et se servit.

— Tu ne devrais pas utiliser un briquet comme ça ! me dit-il en me tendant sous les yeux mon Zippo estampillé Simon Bolivar.

— Ah ouais ?

— On se souvient de ce genre de trucs ! Ça laisse des souvenirs. Opte pour un banal briquet Bic.

— Ben, tu vois, pour le moment, je m'en cogne que les gens se souviennent de moi ou pas.

— Ça n'empêche pas de prendre de bonnes habitudes, pour après.

— Pour après quoi ?

— Pour après-demain ! Je suis dans la merde, j'ai besoin de toi, me dit-il avec l'air de me supplier.

Son non-verbal était en phase avec ce qu'il disait. Il avait l'air vrai et sincère, et l'affaire semblait sérieuse.

∴

Dans cette bagnole, je commence à me peler les miches. Avec presque cinquante balais au compteur, je me demande ce que je fous sur une aire d'autoroute entre la Belgique et l'Allemagne à attendre un signe qui ne viendra peut-être pas. Je suis sur ce dossier depuis des mois. Comme le sujet est sensible et que mon atout[10] est fortement exposé, mon chef et moi avons préféré œuvrer en comité très restreint, c'est-à-dire moi pour l'ouvrage et lui pour les lauriers. En plus de la dizaine d'agents que je supervise, ce qui représente une bonne centaine de sources humaines au total, je suis le parrain d'un

[10] Source exceptionnelle travaillant généralement au sein des organisations ou des institutions ciblées.

beau bébé qui doit débarquer de ces jours-ci dans notre escarcelle à information. C'est une période sensible, celle de la récolte après de longs mois de semaison.

Cette nouvelle recrue va travailler contre son propre camp, plus activement qu'avant. Cette source a déjà confiance en moi, je dois la remettre dans les mains d'une nourrice. Elle a exigé que je sois présent. J'ai mis du temps à la recruter, deux longues années. Nous avons joué au chat et à la souris. Vu la criticité de ce que nous nous apprêtons à faire, nous avons opté pour une sécurité maximum : pas de trace écrite, des légendes en béton et l'interdiction formelle de nous dévêtir de nos couvertures.

Tout au long de notre relation, nous avons été très prudents. J'ai toujours joué mon rôle à fond. J'ai toujours fait comme si je n'étais pas celui que je suis vraiment. Je suis allé jusqu'à montrer de la peur alors que j'étais prêt à affronter sans crainte un tueur lancé à ses trousses. Ma source n'a jamais sourcillé. Ce n'est pas son genre. Avec l'assentiment et la bénédiction de mon supérieur, j'ai baptisé cette source Monaco. Notre objectif commun est enfin à portée de main. La source, intéressée par de substantiels dédommagements financiers, travaille, selon ses dires, pour nous par idéologie. Convaincue que le pays que je sers est « véritablement » celui des droits de l'Homme, elle le considère aussi que l'un des seuls pays au monde capable, dans les zones sombres du monde, d'apporter une sorte d'équilibre entre les USA et la Russie. C'est en tout cas ce qu'elle affirme, et elle a l'air de le croire.

Le message de Teddy tombe donc vraiment mal, même s'il date de six mois déjà.

∴

Se placer ou se replacer dans le contexte est toujours une bonne chose pour comprendre les faits, avoir une vue globale des enjeux permet d'embrasser toute la scène. N'observer qu'un seul angle, c'est l'assurance d'avoir une vision erronée, de se couper d'options intéressantes.

Au début des années 1990, le monde était différent de celui dans lequel nous évoluons aujourd'hui. Pas d'Internet pour le tout-venant, pas de smartphone dans les poches, et un monde sortant d'une phase bipolaire qui éclate en mille morceaux. L'échiquier international a été secoué, et certaines pièces ont été éjectées du jeu. Les cartes géographiques sont à refaire, car les atouts ont été redistribués. Mais les stigmates de la lutte contre la possible invasion soviétique dans l'Europe continentale sont encore toujours bien présents. Le communisme est en perte de vitesse, ce qui laisse l'extrême droite orpheline d'ennemis et lui donne une possibilité d'essor incroyable.

Teddy venait de me dépeindre le tableau avec beaucoup de sincérité et de conviction. La cible se prénommait Jean-Christophe. C'était un type que j'avais croisé à plusieurs reprises. Jusqu'à ma discussion avec Teddy, je ne savais pas grand-chose de lui, mis à part le fait qu'il militait à droite, très à droite, dans les différents cercles étudiants. De ces types qui me faisaient sourire. Je les trouvais folkloriques, dépassés, habités et, en fin de compte, intellectuellement inoffensifs.

Jean-Christophe était petit de taille. Ses épaules semblaient vouloir fusionner avec ses coudes, et il se déplaçait sans aucune élégance. Toutefois, il portait la tête haute et mettait en avant ce visage buriné et boutonneux. Il devait avoir plus de vingt-cinq ans, mais cette acné tardive le rajeunissait. Un épi sur le haut du crâne et un autre, mal formé, juste au centre du front, ne lui permettaient que deux coupes de cheveux : soit à ras, soit cette coupe à la brosse idiote qui lui donnait toujours l'air d'un gars qui venait de quitter son lit. La coupe rasée était trop équivoque, trop raccord avec ses idées, ainsi la plupart du temps, il se baladait cheveux ébouriffés au vent.

Jamais il ne portait de jeans. Ses tenues préférées se composaient de pantalons de toile. Bruns ou beiges. Une vieille saharienne en cuir sombre, toujours sur le dos, des pulls à col roulé l'hiver ou des T-shirts blancs en été, la mode nazillonne lui allait à merveille.

Les groupuscules idéologiques, de droite ou de gauche, les internationalistes ou les nationalistes en herbe, absolument toutes les mouvances recrutaient à l'université. Ce n'était pas une innovation. Déjà au début des années 1930, Kim Philby[11], le fameux

---

[11] Harold Philby 1912-1988. Espion soviétique ayant travaillé au sein des services de Sa Majesté. Agent double de talent, il fit défection en 1962 pour rejoindre l'URSS après avoir trahi son pays durant près de quarante ans. Ce dernier se faisait appeler Kim en référence au roman de Rudyard Kipling, Kim (ouvrage conseillé par l'auteur).

maître-espion, recrutait à Cambridge pour le compte des Soviétiques, sans même avoir l'assurance de sa future fonction dans les services britanniques. Services qu'il a trahis tout au long de sa carrière avant son exil moscovite.

Selon Teddy, Jean-Christophe avait pour mission de repérer les futurs cadres de l'extrême droite francophone. Il lui attribuait aussi le repérage des futurs militants potentiels pour le célèbre et bien ancré Front national français. Ses techniques n'étaient pas tellement différentes de celles utilisées par les services de renseignement. Il avait été formé pour cela. Teddy en avait la preuve, en images. Mais il avait d'autres certitudes aussi, et il était plus que correctement renseigné sur les agissements de Jean-Christophe et des siens.

— On leur a donné le nom d'Alpha !

— Qui ? demandai-je.

— Nous, l'Institut[12]. Qui d'autre ?

— Je croyais que son groupe s'appelait le groupe Alpha, tu vois ?

— Non, non ! Alpha, c'est le nom de code qu'on leur a donné.

— Et donc, comment se nomme ce club de démocrates ? ironisai-je.

— Le Nouveau Front.

— Que leur veux-tu ? Les stopper ?

— Non, je veux tout savoir.

---

[12] C'est cette appellation que les agents du Mossad utilisent pour évoquer leur Service.

— Sont-ils une menace pour la communauté juive ? Vraiment ? On est plus en 1940.

— Ne t'occupe pas de ça.

Je pris très mal cette dernière remarque. Non seulement elle était déplacée, mais pour un gars qui m'avait joué de la flûte durant des mois, et qui avait badiné avec mes sentiments et mes émotions, infoutu de me parler de sa dérobade parisienne, je le trouvais gonflé.

— Et tu veux m'envoyer en mission, oui ?

— Oui.

— Pour les pénétrer. C'est ça ?

— Pas tout à fait.

— Ah. Va falloir me parler, mon cher Teddy. Parce qu'avec le passif que tu trimballes, j'suis pas certain d'être en mesure de t'aider si tes seuls arguments sont oui et non.

— Tu veux arrêter ? Tout arrêter ?

— Je n'ai pas dit ça.

— Alors, tu m'aideras. Ensuite, Moshe Vidor t'accueillera en Israël. Ta formation commencera vraiment là-bas.

— C'est donc le dernier test, cette affaire Alpha ?

— C'est un peu ça.

Teddy, égal à lui-même, s'était bien gardé de me donner tous les détails. Des détails, essentiels pourtant. Je ne les appris qu'à la fin de mission, une fois sur le sol israélien. Mais j'étais encore loin de me douter que j'allais plonger durant des semaines dans l'antre du mal.

— Je te demande deux mois, pas plus, supplia-t-il.

— Deux mois, mais tu imagines ? Et ma thèse, faut que je bosse dessus ?

— Ce ne sera qu'en soirée, tout se passera en soirée. Promis. La journée, tu dois justement jouer à l'étudiant, au thésard.

— T'es marrant, toi ! Avec tout ce qu'on fait dans l'ombre.

— Profites-en pour bosser sur ta thèse, la journée. Ensuite, c'est direction Israël. Si tout va bien, en septembre, tu feras partie des nôtres.

— OK, mais nous n'avons jamais parlé de la suite !

— Une chose à la fois, mon ami. Ensuite, tu rentreras finir ta thèse. L'opération Alpha n'est qu'une première étape, tu verras.

∴

Avais-je le choix ? Les mois de mai et juin s'annonçaient chargés.

Il me fallait prendre des dispositions pour maîtriser un agenda qui allait avoir un côté pile et un côté face. J'ai toujours été nul en organisation, et ce que je prévois, je ne le suis jamais. Mais je reconnais volontiers que la préparation est nécessaire pour au moins identifier ce que l'on ne veut pas. Les fameux 6 P.

L'extrême droite, les groupuscules néonazis et les autres nostalgiques, j'en avais une vue générale. Je connaissais plus ou moins leurs revendications et la stérilité de leurs réflexions. Comme tout le monde, j'avais vu dans les journaux télévisés et lu dans la presse des dizaines de choses à leur sujet. Les stéréotypes que le quidam avait sur eux étaient à mes yeux autant de signes de reconnaissance. Ces fascistes d'un nouveau genre s'organisaient comme leurs ancêtres idéologiques : les plus rageurs portaient des signes distinctifs allant du tatouage évocateur aux chaussures de combat lacées de blanc, quant aux plus éduqués, seul leur langage en petit comité permettait de les confondre. Je plongeais donc dans un monde inconnu où non seulement les codes m'étaient étrangers, mais en plus dont le futur espéré me verrait gazé et brûlé en ma qualité de vermine lors des premières rafles.

Jean-Christophe était une bonne synthèse du microcosme extrémiste. En sa qualité de recruteur, il jouait avec son image. Personne ne pouvait l'imaginer en plein pogo à la fête de l'Huma scandant que *la jeunesse emmerde le Front national*. Mais il jouait aussi des mots. Jean-Christophe distribuait des harangues dignes de Goebbels auprès des nouveaux adeptes dans de petites salles, à l'arrière des cafés, qui sentaient la pisse et la bière, et qui reléguaient son combat à un regroupement de ratailles.

En revanche, il recrutait. C'était ça, sa faille. Il cherchait de nouvelles proies à gaver de ses discours haineux. Je décidai de lui en donner pour son argent.

Teddy m'avait laissé la liberté d'organiser l'approche. Il n'était intervenu en rien dans mes choix et semblait même ne pas être intéressé par le fait de connaître mes plans à l'avance. Un soir, lors de l'une de nos balades, je m'en ouvris à lui. Il eut pour seule réponse un sourire et me fit croire qu'il avait suffisamment confiance en moi. C'est cette réaction qui me fit changer de direction, encore une fois.

Dans les premiers jours, avant d'approcher physiquement Jean-Christophe, j'étais allé fureter près des endroits où il chassait. Je m'étais montré totalement indifférent à lui, et avais passé mon chemin à chaque fois que je le croisais. Mon plan initial, en bon chercheur, était de me renseigner et d'emmagasiner un tas d'éléments sur l'ennemi que je m'apprêtais à défaire. Car si les principaux problèmes d'Israël à l'époque étaient bien le Monde arabe, l'intifada et le financement du Hamas et du Hezbollah, il n'en restait pas moins que le nazisme, sous toutes ses formes, était le mal absolu incarné. Un consensus pour tout Juif, une vérité peut-être plus forte que celle de l'existence de Dieu.

Ainsi, Teddy m'avait donné l'idée, sans le savoir, d'y aller franco, les mains dans les poches. Ce manque d'intérêt devait rendre Jean-Christophe plus séducteur encore, et surtout moins vigilant.

Deux semaines plus tard, dans le silence d'une cafétéria universitaire déserte, j'entrai réellement en scène.

∴

La pluie massacre le pare-brise de la berline dans laquelle je me trouve. Les éclairages de la station d'autoroute sont entourés d'un halo de lumière et d'une bruine en suspension. L'indicateur de température de la BMW ne ment pas. Trois degrés. Les nuits sont encore fraîches et l'attente me semble longue. Sur le siège passager, mes cigarettes et mon briquet Bic, mon carnet Moleskine et une revue d'informatique que j'ai vaguement feuilletée quelques minutes plus tôt. Il y a aussi mon téléphone, un petit appareil photo, un détecteur de micro-espion et un brouilleur de fréquences que j'ai dissimulés sous le *Spiegel* de la veille. Mon bureau roulant ressemble de plus en plus à celui d'un détective privé en mal de cocufiage. Il ne manque à ma panoplie qu'une flasque de whisky. Je sais ce que je vais demander à Charlie pour mon prochain anniversaire.

Au fond de moi, je sais aussi que tant que je n'aurai pas tranché sur la réponse à apporter au message Facebook de Teddy, je ne serai pas libre dans mes réflexions. D'ailleurs, je me rends bien compte que le jeu auquel je joue est dangereux. Ce n'est vraiment pas le moment d'être distrait. Courir deux lièvres à la fois me fait prendre des risques. Mais je ne suis pas le seul à pouvoir en souffrir. Monaco est en danger, à cause de moi, à cause de Teddy.

Violant toutes les règles de sécurité, dont celle qui consiste à expliquer mon état d'esprit à mon supérieur, je décide de prendre les devants, maintenant. Je préfère en finir avec tout ça, vaille que vaille. Un canal de communication a été ouvert par Teddy. Je ne suis ni en mesure de savoir de quoi il retourne ni en mesure de lui mentir. Que sait-il de moi, à ce jour ? Est-il toujours actif dans le monde du renseignement ? Ce contact est-il en relation avec l'opération Monaco ? Cette opération d'exfiltration, nous la montons depuis longtemps, plus d'un an. Comment expliquer à mon employeur actuel que j'ai au cul un officier traitant du Mossad dont je ne suis même pas certain qu'il y soit encore ? J'en ai marre de ces questions. Simplicius Simplicissimus avait raison, lui. Il faut toujours aller au-devant des nouvelles choses.

Je me demandais si je devais attendre le prochain Kippour pour te répondre en lisant ton message que je découvre à l'instant (donc avec beaucoup de retard). Puis, je me suis demandé si c'était une manière pour toi de te voir accorder le pardon que je t'ai refusé il y a près de trente ans. La balle est dans ton camp. Shalom.

∴

Sur les cinq cents places que comptait le restaurant universitaire, quatre cent quatre-vingt-trois étaient libres. Aux tables solidement rivées au sol, parfaitement alignées comme les guerriers de terre cuite[13], étaient amarrées des chaises uniformes, faites d'un bois jaunâtre, et fixées sur des tubes en fer recouverts d'une peinture vert très pâle. Le stéréotype de la cantine scolaire construite dans les années 1970. Les longs comptoirs réfrigérés étaient vides, à l'exception d'un petit bar où une préposée en tablier servait du café et quelques friandises.

---

[13] L'armée de terre cuite (兵马俑) ou armée d'argile, est un ensemble de huit mille statues de soldats et chevaux en terre cuite, représentant les troupes de Qin Shi Huang, le premier empereur de Chine. Elles représentent une forme d'art funéraire, car elles ont été enterrées dans les fosses du mausolée de l'empereur Qin, à proximité de la ville de Xi'an, dans le Shaanxi, en 210-209 av. J.-C.

Empilés sur des chariots vétustes, des centaines de plateaux attendaient midi, les bacs à couverts étaient pleins.

Quelques étudiants bossaient çà et là. D'autres rêvassaient devant les immenses fenêtres donnant sur le campus sur lesquelles des trombes d'eau s'abattaient. L'ambiance était presque monacale. J'avançai en mimant un intérêt certain pour les bristols épinglés aux valves lorsque je vis Jean-Christophe. Attablé sur un coin, près d'un radiateur, il tenait concile devant deux demeurés qui paraissaient sortir d'une messe dite en latin. Petits mocassins bien vernis, pantalon de toile, gilets boutonnés et chemises fermées jusqu'au goitre. Ils étaient tous deux imberbes, mais avaient la mèche rebelle.

Jouant l'indécis de nature, je fis mine d'hésiter à rester ou pas dans le restaurant. Finalement, le dos voûté et l'air contrit, je finis par me commander un café. Comme la serveuse était mulâtresse, je lui parlai mal, la malmenai verbalement, histoire de faire comprendre à ma cible que j'étais de son bord. En tout cas, c'était une entrée en matière. Tout au fond de moi, je regrettai presque mon geste et me retournai pour lancer un regard plus adouci vers la pauvre innocente qui ne comprit rien à mon manège.

Alors qu'ils discutaient à voix basse, je passai à côté des trois loustics et je me fendis d'un « putain de négresse », tout en maugréant. Je m'installai quelques tables plus loin, et je sortis mon exemplaire flambant neuf du *Sous-marin noir* de Robert Harris.

Nous étions en mai 1992. Je plongeai dans la lecture de cette uchronie que les fascistes de tous bords s'arrachaient déjà. Ce n'était pas tant l'enquête policière qui intéressait les nazillons en herbe et les autres nostalgiques de Germania, mais bien le contexte particulier de ce roman décrivant les années 1960 avec une très légère différence historique par rapport au monde dans lequel vivaient les adorateurs des yé-yé : l'Allemagne et son Axe avaient gagné la Seconde Guerre mondiale.

L'acquisition de ce livre était le seul effort que j'avais au final consenti à faire pour me rapprocher de Jean-Christophe. Inutile de vous dire qu'utiliser un tel effet de mode pour séduire un nostalgique du Führer, c'est comme offrir le Koh-I-Noor monté sur un diadème rococo à Miss Salon de l'Agriculture. Ce qui brille attire.

Cela ne loupa pas. Je m'étais mis à bonne distance, suffisamment loin que pour l'intriguer, suffisamment près que pour le rassurer. Jean-Christophe me lança d'abord quelques discrets coups d'œil que je repérai dans le métal patiné de mon Zippo posé sur la table. Je tournais les pages et me marrais, je soufflais et relevais les yeux au plafond. À chacun de mes gestes, à chaque marmonnage sans signification que je formulais volontairement, Jean-Christophe se faisait moins furtif. Un étudiant proche de moi se leva alors que je venais de lancer un « putain, au cul les Youdes », tout en lisant mon nouveau livre. Et c'est à ce moment-là qu'il rembarra ses deux apôtres et les invita fermement à lui foutre la paix.

Après trois minutes d'interrogation, Jean-Christophe se leva, rassembla ses affaires et quitta la cafétéria. Sans même se retourner, il poussa les portes battantes avec une certaine violence non sans jeter un regard, que j'imaginai très noir, vers la pauvre serveuse. D'une voix qui porte, elle lui dit « au revoir, Monsieur », et Jean-Christophe disparut de mon champ de vision. Moi qui pensais avoir ferré le poisson, ce dernier avait filé. Le contact n'avait pas eu lieu.

∴

C'est dans ce genre de situation que l'on peut voir la différence entre un bon espion et un mauvais espion. J'irais même jusqu'à être plus précis : c'est dans ce cas précis que l'on peut apprécier la qualité de l'officier traitant ! Le mauvais quitte la berge pour aller taquiner ailleurs tandis que le bon philosophe et s'acharne encore quelques instants.

Dans cette foutue bagnole, pourtant confortable, je suis prêt à quitter le parking d'autoroute. Monaco tarde à se manifester. Ma patience a des limites que mon employeur m'oblige à dépasser. Ma source est peut-être suivie de près comme je l'étais plus tôt. L'attente me pèse vraiment. Le ballet des putes qui montent aux échelles des cabines pour annoncer le menu tarifé, les véhicules qui s'arrêtent quelques secondes seulement, le temps de transvaser le contenu illicite d'un coffre à l'autre, et les routiers sortant de la station, les cheveux encore mouillés, les sandales aux pieds et la raie à l'air, après une douche chaude, on se croirait dans un reportage aussi chiant que *Chasse et Pêche*. Je leur invente des vies, leur trouve des excuses, les baptise de prénoms improbables et construis, façonne leurs environnements, famille, gosses, femme, maîtresse et *tutti quanti*.

Je suis le démiurge de cette nuit. Le seul héros qui se refuse à moi est mon client, l'atout.

Les coups d'œil sur l'écran de mon téléphone ne sont pas destinés à me rassurer sur le temps qui passe. Je n'irais pas jusqu'à dire que je vois toutes les minutes s'afficher, car ce que je guette, un peu malgré moi, c'est l'arrivée de la réponse de Teddy.

Je croise mon regard dans le reflet du pare-brise. Il me rappelle que je suis le fruit de Stan et de Charlie. Je ne sais pas vraiment pourquoi, mais je pense à mon père. Enfin, si, je sais. J'y pense parce que j'ai le temps, parce que mes yeux sont comme les siens, gris et vert. Si gris. Si tristes.

Lors de son enterrement, Bob a prononcé un beau discours. Il a parlé de Stan comme personne d'autre n'aurait pu le faire. Même pas l'oncle Jeff qui était sans doute l'être le plus proche de mon père après Charlie, ma mère. Elle n'a pas pleuré ce jour-là. Elle s'est tue. Des larmes, elle n'en avait déjà plus. La source s'était tarie quelque part entre un service d'oncologie et les box palliatifs. C'était il y a neuf ans, mais je m'en souviens comme si c'était hier.

Bref, il a fait très beau ce jour-là. L'air était écrasant. Trop beau, trop chaud. Tellement beau que c'en était dérangeant. Trop triste aussi. Sous nos costumes noirs, nous crevions de chaud. Sauf Bob qui avait prévu le coup avec sa chemise à manches courtes. Bob, il s'adapte toujours. Et son discours correspondait bien à la situation que nous vivions et à ce que fut Stan : un gars discret, aimant, ayant fondé une belle famille, un ami fidèle et loyal. Qu'aurait dit Stan de tout ça, hein ? Si je lui avais tout raconté ? S'il avait su ? Aurait-il eu peur pour moi dans ma période « Teddy » ? Et après ? Lui qui ne trouvait pas le sommeil lorsque je partais en manœuvres militaires aquatiques, lui qui a toujours eu ce regard ombrageux quand il savait que pour ne pas lui mentir je l'embrassais et l'appelais exceptionnellement papa.

Le va-et-vient incessant des poids lourds, des michetons aux bras tatoués et des trafiquants en tout genre ne cesse pas de me lasser.

Je regarde encore le reflet de mon regard, j'insiste. Je persiste même. Je crois que j'attends un signe. La nuit sera longue.

∴

La couverture du *Sous-marin noir* n'était, à l'époque de sa sortie, pas la même qu'aujourd'hui. D'ailleurs, le roman ne portait pas le nom qu'on lui connaît de nos jours. *Fatherland*. Sur la première de couverture, seul le code couleur « noir-rouge-blanc » rappelait la mémoire des heures sombres et tristes, celles du nazisme. Elle ne portait pas, comme dans l'édition actuelle, l'aigle surmontant le svastika bordé de feuilles de laurier promettant effrontément un Reich de mille ans. L'identité visuelle était pourtant assez forte que pour faire frétiller la fibre teutonne de

Jean-Christophe. Celle-ci ne demandait qu'à s'exprimer. C'est pour cela, je crois, qu'il revint sur ses pas seulement quelques minutes après avoir quitté le resto U.

N'étant plus en mode veille, je m'étais plongé au sein de cette lecture passionnante. Je me demandais bien ce qui avait pu passer par la tête de Robert Harris ! L'idée de cette épouvantable revisite de l'Histoire montrait à quel point nous étions passés à côté du pire tout en ayant tutoyé la géhenne quatre années durant. Je décidai de consigner mes réflexions dans un carnet – jouant toujours mon rôle en l'absence de mon public favori – quand Jean-Christophe toussa près de moi.

Je relevai les yeux vers lui en le détaillant du giron jusqu'à la tête, en passant par le plateau qu'il tenait entre les mains sur lequel deux tasses de café fumant flottaient. « Café ? » me demanda-t-il. « Pourquoi pas ? » répondis-je.

Sa tenue était soignée, cheveux de jais rebelles mis à part. Il portait cette drôle de saharienne en cuir brun, au col élimé et aux manches usées, sous laquelle un pull beige à col V recouvrait un T-shirt gris chiné. Son port de tête était fier. Peut-être se prenait-il pour un SS ou quelque chose comme ça. Il me dévisagea et je remarquai sa peau vérolée et couperosée. Ces marques de laideur le rendaient encore plus détestable. Justifiaient-elles de sa haine et de ses exécrations violentes pour qui était, selon lui, mal né ? À n'en point douter, un rapport de cause à effet devait exister.

— Tu lis des auteurs travaillistes ? me demanda-t-il en désignant du menton le bloc de quatre cent vingt-quatre pages.

— Ouais.

— Tu n'as pas honte ?

— Nan.

— Tu devrais !

— Nan.

— Tu sais dire autre chose que ouais et nan ? me demanda-t-il, prêt à quitter la table.

— Ouais.

— Pauvre con, me dit-il en se levant.

— Nan. C'est toi le pauvre con.

— Pardon ? Tu sais qui je suis ?

— Nan. Mais, comment veux-tu connaître ton adversaire si tu ne lis pas ses écrits.

— Là, tu marques un point.

— Je m'en tape. Ce que je veux lire, moi, c'est du rêve. Je veux lire autre chose que ce que je vis. Avant 2020, on devra remercier les négros de les avoir émancipés, tu verras. Et on demandera pardon à ces singes de leur avoir montré la voie.

— Tu vis dans une société gouvernée par des Youtres. Comme nous tous !

— Ouais.

— Julliard, Julliard ? Julliard ! Ton éditeur était pétainiste ?

— Ah, tu vois qu'il est bien mon bouquin.

— Ouais. Sauf qu'après la guerre, il a tourné casaque. Kessel et Druon dans son étable d'écrivains, c'est un fameux revirement idéologique, non ?

— Pas si on considère, comme je le fais, qu'il faut être proche de son ennemi pour le combattre, rétorquai-je non sans malice.

— T'es étudiant en Histoire, c'est ça ?

— Ouais. C'est ça.

Tentant de saisir dans son non-verbal une émotion, une tendance ou une pensée, je le fixai longtemps. Jean-Christophe se décrispa, se gratta le menton, excitant un peu plus les déjà très sèches vésicules épidermiques. Quelques peaux mortes s'échappèrent sur la couverture de mon ouvrage. Il les balaya après avoir recouvert la paume de sa main de la manche de son pull, et me dit : « Tu peux m'appeler JC. »

Autour de nous, le réfectoire se remplissait, peu à peu. Une odeur de tabac âcre accompagnait le groupe d'étudiants noirs qui s'installaient à la même table que nous. Jean-Christophe se leva, regarda la tribu de Balubas d'un air dédaigneux et me lança : « Viens, on s'casse. » Plus bas, et se penchant vers moi, il ajouta : « Ça pue le bamboula, ici. » Il était fort en gueule, lettré dans sa partie, mais peu téméraire dans la vraie vie.

Son érudition m'avait étonné. Était-il préparé ? Avait-il bossé le sujet ? La tendance politique de Harris, le passé maréchaliste de son éditeur français et les écrivains recrutés pour redorer son blason, on pouvait dire que Jean-Christophe m'avait impressionné. Toutes proportions gardées, bien entendu.

∴

CHAPITRE VI
COMME UNE PANTHÈRE NOIRE

« (…) Le but, mes amis. Notre but. C'est celui que poursuivait jadis le Guide. Celui d'instaurer un règne de mille ans, voire plus. Mille ans de gloire ! Que pourraient représenter et coûter quatre nouvelles années de guerre, de souffrances, de combats et de pertes, même de notre côté, face à mille ans de suprématie de notre race, de nos idées ? Je vous le demande. Nos glorieux ancêtres n'ont-ils pas combattu durant plus de vingt ans ? D'abord dans les rues de Munich, ensuite dans les Sudètes pour finalement fondre sur les plaines de la Marne avant de noyer le ciel de la perfide Albion et de fouler les steppes soviétiques. Regardez autour de vous. Observez les choses. Ne voyez-vous pas ce que fait le capitalisme ? Êtes-vous aveugles au point de croire que la chute de l'Empire rouge n'est qu'une gigantesque opération sous faux pavillon ? À qui profite le crime ? Aux banques… bien entendu. Aux Juifs. Et tous ces pays pétrolifères où poussent des idéologies religieuses qui nous tirent vers les enfers ? Ces fous d'Allah. Ne vous méprenez pas à leur sujet. Ce n'est pas parce que nous avons un ennemi commun que ce sont pour autant nos amis. Leurs engeances maghrébines déferlent sur nos contrées, ponctionnent nos impôts, mangent notre pain jusque dans nos assiettes. Ils peuvent bien lutter contre les Juifs ! Souvenez-vous que l'Angleterre, elle-même, combattait Staline jusqu'à ce qu'ils s'allient avec lui pour mieux défaire le Reich devenu trop fragile. C'est ce Reich que nous devons réhabiliter, autrement, mieux. C'est petit à petit, boîte aux lettres après boîte aux lettres, poignée de main après poignée de main, que nous remporterons les cœurs. Nous ne forcerons pas les gens à sympathiser avec nous ! Nous ne les obligerons pas. Nous devons les séduire, mais avec fermeté. *Heil Hitler.* »

Dans l'assemblée, toutes les mains droites se levèrent, les bras se tendirent droit, sans trembler d'un iota.

Dans cet appartement aux plafonds très hauts, aux murs blancs et à la décoration très sommaire, au premier étage de cet immeuble imposant, presque haussmannien, quarante mains s'agitèrent dans des applaudissements virils et enthousiastes. Les deux grenouilles de bénitier semblaient s'être multipliées. Il y avait là une quinzaine de gars, des types à l'allure « droite conservatrice », quatre skins aux cheveux rasés et aux tatouages évocateurs, moi, un autre « nouveau » et ce curé qui semblait être complètement détaché du reste. Je croisai son regard, il soutint le mien et finit par sourire. L'autre « nouveau » applaudissait moins fort. Un petit gros dont le front perlait jusqu'à la bouche ouverte qui lui donnait une mine ahurie. Imperceptiblement, Jean-Christophe, qu'ici tout le monde surnommait

Heinrich, fit un signe vers l'un des skins, et celui que je venais de surnommer Bouboule se fit sortir de la pièce, *manu militari.*

Debout sur la table, les bras croisés très haut, et le menton relevant un azimut imaginaire, Jean-Christophe, en fin orateur, tenait la pose en regardant ses propres mots s'envoler vers un horizon lointain. Il savourait le moment, les jambes bien boulonnées.

Pour ma part, j'étais surpris. Si l'on m'avait raconté ce que je venais de vivre, je ne l'aurais pas cru. Pourtant, nous étions peu nombreux. Mais à l'idée que cela pouvait se passer, au même moment, dans des dizaines voire des centaines de lieux, au sein même d'une Europe encore marquée par la folie du nazisme, je frissonnai. Ces sermons rappelaient les tristes arrière-salles des tavernes munichoises.

Jean-Christophe se détendit un peu. Un des skins, que j'appelais Gunther, lui tendit la main pour l'accompagner dans sa descente, telle une diva ou une princesse atlante. Ce qui pouvait passer pour des élans naturels était en réalité une suite d'éléments séquencés d'une chorégraphie écrite, rigide et figée. Tout était théâtral, voilà le mot. Il me fit un signe de tête, alors je tentai de me diriger vers lui lorsque le curé m'offrit une bouteille de bière toute fraîche. « *Prost* », me dit-il.

La pression venait de retomber quelque peu. Je saisis la bière fermement et cognai son goulot à celle que mon interlocuteur tenait tendue devant lui. Je bus une longue gorgée. La froideur de la gueuze me remit les pieds dans la réalité. Moi aussi, je venais de faire le salut hitlérien. Ce signe qui avait maintes fois accompagné les succès des fous furieux qui tuaient les miens, au nom de tous les leurs.

∴

Deux heures du matin. Depuis quelques secondes, je sais que Monaco ne pointera pas le bout de son nez. C'est un raté pour cette fois. Un loupé de plus. Je suis à la fois ravi et à la fois inquiet. Ravi parce que dans un peu plus d'une heure je serai dans mon lit, inquiet parce que je vais devoir planifier un nouveau rendez-vous avec Monaco dans de nouvelles conditions. Je balance le reste de ma Camel par la fenêtre, range tout ce qui se trouve sur le siège passager dans un sac en plastique récupéré sur le stand Microsoft quelques heures plus tôt et mets le moteur en marche. Je passe la frontière en direction de l'Allemagne, emprunte la première sortie, remonte dans l'autre sens et lance les deux cents chevaux de ma BMW immatriculée en Belgique à l'assaut de l'autoroute, direction Bruxelles.

Mon réveil sonne. Il est sept heures du matin. J'ai dormi comme une souche dans mon appartement aseptisé qui cadre bien avec celui que je prétends être. Des meubles relativement luxueux et modernes sauf ce petit bureau d'époque posé à l'entrée sur lequel j'entasse factures, tickets de parking, reliquats de poche, etc. Deux balcons, dont l'un offre une vue d'ensemble sur le quartier pittoresque du Sablon, assurent l'entrée de lumière et d'air frais quand le temps est au beau. C'est le cas de ce matin de mars.

Le ciel est bleu, les gouttes de pluie et l'odeur qu'elles dégagent sont encore présentes sur la rambarde et sur les châssis.

Sur l'écran de mon téléphone, la présence d'un nouveau message m'interpelle. En bon praticien de la sécurité, pour lire les messages, il me faut d'abord déverrouiller l'écran. Mes tempes se synchronisent avec ma respiration et l'afflux de sang. Je lis. Ce n'est pas Teddy, c'est simplement la confirmation que mon message « chou blanc » avec Monaco a bien été reçu par ma hiérarchie. « Tant pis. Prochaine fois. »

C'est dans mon bain que me vient cette idée saugrenue. Celle de faire appel à un ami. Dans la boîte de dialogue Messenger, un petit *v* confirme que mon message a été livré. L'a-t-il lu ? Depuis quelle ville, sur quel type de téléphone ? J'ai un ami capable de répondre à ces questions. Je peux lui faire confiance, une confiance relative accompagnée d'un service que je lui ai rendu, cela devrait suffire. Je note cela d'une manière codée dans ma liste des choses à faire aujourd'hui. Je jette mon téléphone sur la serviette mise en boule à côté de la baignoire et j'immerge mon visage au milieu de l'eau déjà savonneuse, les yeux clos.

Les embouteillages bruxellois n'ont rien à envier au trafic parisien. Généralement, je profite de ces moments-là pour écouter la radio, passer un podcast ou regarder une série sur Amazon Prime Video. Mais l'attente nocturne d'hier a mis mes nerfs à rude épreuve. Je fulmine de plus en plus en pensant à tout ce que je vais devoir mettre en place pour récupérer le contact avec Monaco. Une légende que je peaufine, façonne et fais vivre depuis plus de dix ans. Je l'avais pourtant dit à mon supérieur : « T'es certain que tu veux griller ma couverture principale ? »

À cause de l'enjeu que représente Monaco, il avait confirmé son premier ordre. Dans le cas qui m'occupe, j'ai beau être militaire et faire partie d'une organisation dépendante du ministère de la Défense, nous avons toutefois la chance de pouvoir négocier les ordres, de les mettre sur le gril de la réflexion. J'avais peur de griller Sacha Leitner, de lui faire perdre tout ce qu'il avait acquis y compris sa notoriété, son appartement, ses amis, son faux boulot et Maryse. Comment pourrais-je lui expliquer tout ça ? Après tant d'efforts pour retrouver et conquérir cette ancienne amie de Sandrine ? J'ai déjà eu beaucoup de mal à fournir une explication quant au fait que j'utilise comme patronyme le nom de famille de ma mère depuis quelques années. Et puis, balancer onze mois de retrouvailles me mine le moral. Quand je pense aussi que j'ai passé sous silence, lors de ma dernière enquête de sécurité, l'épisode Maryse. Oh, j'ai bien menti en disant que je venais de rencontrer quelqu'un vaguement croisé durant mes études, mais j'ai omis tous les détails concernant Sandrine et le fait qu'elle racontait tout à Maryse. Bref, il est temps que je prie pour que ma couverture soit toujours intacte.

∴

Daniel de Gand. Avec un petit « de ». C'est comme ça qu'il se présenta. À la main droite, il portait une chevalière frappée d'armoiries. Trois abeilles surmontant un lion. À l'autre main, il portait une alliance christique à l'annulaire et à l'index une grosse bague vulgaire projetant une croix de Jérusalem. Très vite, il m'indiqua qu'il était aux ordres du Christ, mais qu'il avait quitté le carcan de l'Église romaine pour rejoindre un ordre qui m'apparaissait déjà nébuleux rien qu'à entendre son nom. Les Panthères du Christ. Daniel était charismatique. D'apparence, il avait quelque chose de Jacques Brel, de corps comme de visage. Il était grand, mince. Une bouche large qu'il avait du mal à refermer, de grandes dents, gâtées, et un sourire franc, presque enfantin.

Les autres participants le saluaient en l'appelant Frère Dan. En s'approchant de lui, tous courbaient l'échine et déposaient un tendre baiser sur la croix de la grosse bagouse. Daniel était en quelque sorte l'aumônier de cette joyeuse colonie de vacances marchant au pas, aimant le brun des chemises. Je dénotais un peu côté vestimentaire. Jeans délavé, veste de velours sur un pull à col roulé noir et cette écharpe cendrée qui portait encore l'odeur de Sandrine.

— Ah ! Sacha. Te voilà parmi nous. Je suis content de te voir, me lança Jean-Christophe.

— Salut, JC. C'est moi qui te remercie pour ton invitation.

— Pas de quoi. Tu sais, c'est à la bonne franquette. On est en comité restreint, me dit-il alors que je sentais bien sa désolation de ne pas être dix mille.

— En tout cas, ton discours était super.

— Merci. On t'a présenté à Frère Dan, à ce que je vois !

— Oui, répondit le curé défroqué. Je me suis présenté à notre nouvel ami.

— Je vous laisse discuter, dit JC avec le regard insistant à l'adresse de Dan.

— Il est entre de bonnes mains, confirma Daniel en jetant sur moi un regard presque pédophilique.

Tout au long de la soirée, je fus choyé. J'avais cette impression tenace que des ordres avaient été donnés fermement. Parmi les objectifs fixés, les participants devaient tout faire pour que je me sente bien. Et dans mon rôle, je le fus. Toutefois, je ne pouvais m'empêcher de penser au sort réservé à Bouboule. Après des litres de bière dans les soutes et le réservoir à température éthérée, il était temps pour moi de rejoindre mes pénates.

C'est en quittant la soirée, à pied, alors que je marchais le long des boulevards montois et que je me repassais le film de la soirée que je fus convaincu qu'il s'agissait là d'une manœuvre. Je me demandai soudainement si le grand orchestrateur n'était pas ce drôle d'homme de Dieu. De là, j'en déduisis que Teddy s'était trompé de cible, mais que la chance était de mon côté puisque rendez-vous avait été pris avec Daniel, pour un tête-à-tête philosophique.

Passé les quatre heures du matin, je ne courais plus aucun risque de trouver la propriétaire de notre logement d'étudiant dans les escaliers, les mains sur les hanches, prête à sermonner sur les études, sur la nécessité de bien dormir et sur le pacte de confiance passé entre elle et les pauvres parents se saignant pour que nous fussions l'élite de demain. La vieille dame habitait dans la maison d'à côté, mais ne résistait que rarement aux appels de la surveillance maladive, une prérogative dont elle se croyait investie.

La lumière de la cuisine était allumée, les volets baissés. Mais personne n'y était. Après les premières marches, j'arrivai au palier sur lequel se trouvait la chambre de Sandrine. Le silence était total. J'hésitai un moment. Le petit trombone sortait de la serrure, elle était seule.

— Je t'ai encore vu avec ce sale type à la cafète tout à l'heure, me dit-elle éveillée et allongée sur le lit, un Sulitzer ouvert posé sur les seins nus.

— Ah bon ? répondis-je maladroitement. Tu me surveilles maintenant ?

— Mais qu'est-ce que tu fous avec ce connard ? Et non, je ne te surveille pas.

— C'est pour ma thèse, lui dis-je sans avoir trop réfléchi.

— Tu as changé de sujet ?

— Non, j'ajoute un chapitre intitulé « l'art de la guerre chez les néo-fascistes, les guerriers de demain ».

— T'es con.

— Non, je t'assure.

— Baratineur. Baratin.

Comme je n'avais pas l'intention de m'enfoncer dans le mensonge, puisque je n'avais pas ou plus besoin de briller à ses yeux, j'utilisai la meilleure arme pour obtenir un long silence, je l'embrassai à pleine bouche. Je me sentais sale à cause du salut hitlérien et des salamalecs. Je pris la main de Sandrine, lui pressai la bouche avec l'index, et tout en lui souriant des yeux, je l'emmenai vers la salle de bains.

Le sol était recouvert d'un carrelage blanc cassé moucheté noir. La pièce était immense. On y comptait deux vasques aussi profondes que larges, comme celles que l'on trouve dans les plonges de restaurant. C'était sans doute un choix pratique du propriétaire pour satisfaire les besoins en lessives des étudiants des décennies précédentes, alors que les Lavomatic étaient réservés aux populations les plus modestes ou aux voyageurs de passage. Sur les murs, on avait apposé là, uniformément, des carrés de faïence bleue maillés d'un mastic nankin. Tout en était tapissé. Le plafond quant à lui était recouvert d'une peinture à l'huile citrine mal appliquée.

Il n'y avait là aucun meuble, aucun artifice. Une patère sur laquelle pendaient deux ou trois de nos robes de chambre était la seule marque d'une présence humaine dans ce lieu dont nous étions chargés d'effacer toutes traces après chaque passage. Sandrine souriait toujours lorsque j'évoquais la ressemblance de ce lieu avec la salle de bains roumaine type durant la période soviétique.

D'abord, j'ouvris la fenêtre pour y placer une grande serviette de bain, tel un rideau. Alors que je refermais le dispositif, Sandrine alluma pour seule lumière une des deux ampoules situées au-dessus des éviers. Elle me sourit et, un peu gênée, baissa le regard tout en laissant tomber la serviette qu'elle avait autour du corps. Avec aisance et comme si elle était coutumière du fait, elle laissa filer délicatement sa culotte, me la montra en la secouant et plongea ses yeux d'or dans les miens.

Je n'avais pas osé lui demander si elle avait déjà fait ça dans une baignoire. Celle-là était immense et presque totalement emmurée, sauf en son premier quart. Je parvenais à m'y immerger sans toucher simultanément les extrémités de la tête et des pieds. Un très large rebord était situé à la tête du bain. J'invitai Sandrine à s'y asseoir. Je fis couler l'eau du robinet, elle ferma l'opercule du bouchon. Au bout de la baignoire, je fis couler l'eau bouillante avec la douche. Très vite, la pièce se remplit de vapeur.

∴

Il arrive parfois à Maryse d'avoir des contacts avec Sandrine. La fréquence de leurs rapports n'est pas significative, peut-être deux ou trois fois par an vont-elles prendre un café ensemble, tout au plus, et jamais plus qu'un café. J'imagine qu'elles parlent de leur métier, elles sont toutes deux interprètes anglais-français. Maryse à l'Europe, Sandrine en free-lance. Pour ma part, depuis que je fais commerce de mes sentiments et de mes nuits avec Maryse, il m'arrive d'appeler Sandrine. Je lui parle surtout de Maryse, comme un con.

De son côté, Sandrine est mariée. Est-elle

heureuse ? C'est possible. En tout cas, ce le fut, elle n'est pas du genre à s'emballer et à quitter le navire à la première difficulté. Elle a gardé de moi quelque chose d'étrange, car son fils porte mon prénom. C'est la raison pour laquelle nous n'en parlons que peu. Mais elle a aussi conservé une rancune latente à mon encontre. Bien éduquée, polie et sans doute ignorante de la nature réelle des sentiments qu'elle éprouve peut-être encore pour moi aujourd'hui, elle fait tout pour ne pas laisser cette aigreur occuper l'espace de nos discussions. En tout cas, pas de manière directe ou consciente.

Tout ça pour vous dire que lorsqu'elle m'appelle alors que je suis encore dans les embouteillages, sur la route du retour à l'appartement, je m'inquiète des propos qu'elle vient de tenir.

— Tu es certaine que c'est lui ?

— Mais oui. Écoute, je me souviens de ce mec, quand même. C'était ton meilleur ami à la fac.

— Oui bon, ce n'était pas mon seul ami de fac, hein, quand même !

— Tu rigoles ? Il passait tous les jours au kot ou presque durant nos dernières années, non ?

— Oui, il passait. Il passait. Mais juste la dernière année !

— Tu chipotes, tu ventiles, tu disperses, tu contournes, Sacha.

— … Mouais.

— Si tu étais face à moi, je suis certaine que t'essaierais de m'embrasser.

— Peut-être. Non, t'imagines la tête de Maryse ? Bon, et il t'a dit quoi au juste ?

— Que tu lui avais envoyé un message hier et qu'il trouvait marrant de tomber sur moi durant cette conférence. On a même fait un selfie avec son téléphone.

— C'est la meilleure, ça !

— Quoi ?

— Rien. Écoute, je vais te rappeler. En attendant…

— Quoi ?

— Non, rien. Je t'embrasse. Tendrement.

Après de longues années de pratique de l'humain mis face à des situations exceptionnelles, je sais que le hasard n'existe pas. Mais lorsqu'une chose arrive accidentellement, fortuitement, c'est parce qu'une volonté a été émise quelque part, parce qu'une intention existe. Et là, je suis très embêté. Je décide d'abandonner ma voiture au premier parking. Je cherche, je trouve. Il est temps de marcher pour penser, la clope au bec.

Maintenant que mon cerveau est raccordé à ma réalité, je zieute mon portable. Toujours pas de nouvelles de Teddy. Il joue, je le sens. Pourquoi n'ai-je finalement pas demandé à Samuel, de la Direction technique, de repérer Teddy en chipotant avec son compte Facebook ? Ah, zut ! Je sais pourquoi je ne l'ai pas fait. Je ne l'ai pas fait parce que tout ce qui touche à Teddy, au Mossad, aux Israéliens et aux rêves du jeune adulte que j'étais, eh bien, je l'ai tu J'ai menti et triché. J'ai volontairement omis de fournir des éléments à mon employeur. Par peur d'être écarté ? Bien sûr que non ! Par peur de trahir une promesse ? Peut-être. Oui. Et puis il y a ce pacte dont je reparlerai plus tard.

Monaco, Teddy, Facebook, Grichka, Géraldine, Aviv et Shlomo, Sandrine, Maryse, mes retours dans le passé. Je suis dans le noir. Tiens, je passe devant une vitrine, m'y arrête. Mes yeux dans les miens, encore une fois. J'y suis de nouveau, je m'y vois, il fait chaud et humide. Retour dans la salle de bains.

De mes avant-bras, je résiste. Elle tente de refermer les jambes. Le plaisir la rend incontrôlable. Mes baisers profonds se font plus précis. Mes coups de langue plus rapides, plus centrés sur l'anche d'amour qui vibre. Mes lèvres me servent à démarquer la zone que je m'approprie. Mais je ne tiens plus. Il me tarde de lui apporter la preuve que mon corps aime le sien, au moins autant qu'il s'aime. Je ferme les yeux plus profondément.

Mais Sandrine venait de me saisir les aisselles, et dans un mouvement évocateur, elle m'avait guidé vers la position debout. Là, toujours assise, trempée pile et face, elle avança sa tête vers mon sexe. La buée m'empêchait de voir son regard. Mais ses gestes assurés, la posture qu'elle tenait, la tension dans la langue et le manque d'élasticité de ses lèvres prouvaient qu'elle venait de reprendre la main. Nous étions à tour de rôle l'égal de l'autre, nous passant la main comme dans un double, sachant toujours quelle était la position à tenir, l'attitude à adopter, connaissant les forces et les failles de l'autre.

Je dus me battre contre mon plaisir ce petit matin-là. Je trouvai quand même la force de continuer et la pénétrai. Après, ce fut le black-out, jusqu'à ce que quelqu'un toque à la porte, nous réveillant ainsi. Sandrine s'était endormie allongée sur mon ventre, dos à moi, alors que le robinet coulait toujours d'un fin filet assurant la même température à notre sommeil.

À treize heures, alors que le réveil n'avait pas encore sonné pour moi et que Sandrine, si j'en croyais le petit mot laissé sur l'oreiller, était partie en cours trois heures plus tôt, la propriétaire me prévint, de sa voix rauque fortement travaillée à la Gauloise, qu'un coup de fil m'attendait chez elle.

Quatre à quatre, je descendis, vêtu d'un jeans et d'un polo, pieds nus. Encore une fois, la vieille m'épatait. Elle savait toujours qui était dans la maison ou qui était absent. Je passai par le jardin, entrai dans sa cuisine désuète, traversai la salle à manger plongée, comme toujours, dans l'obscurité et attrapai le combiné du téléphone sur le petit guéridon recouvert d'une nappe berbère à poil ras.

— Salut, Sacha.

— Salut, Stan ! ça va ? demandai-je à mon père qui évitait généralement de m'alarmer avec des coups de fil imprévus.

— Ça va, ça va. Et toi ?

— Ben, je vais bien, dis-je craintif en attendant de découvrir la raison de son appel.

— Dis-moi, tu fais quelque chose ce soir ?

— Non, répondis-je mécaniquement.

— Ah, ça tombe bien alors.

— Enfin, si j'ai quelque chose, mais…

— Peux-tu annuler ?

— Oui, mais pourquoi ?

— Une petite surprise. J'ai envie de manger avec toi.

— Tu es dans le coin ?

— Non, mais j'y serai ce soir. On dit vers vingt heures ?

— OK. On mange grec ?

— On mange grec.

Et Stan raccrocha le premier. J'entendis au ton de sa voix qu'il était ravi. Je l'étais aussi, bien que j'eusse été un peu vite en besogne quant à l'annulation de mon rendez-vous. Cependant, les visites paternelles étaient tellement rares, que je me pressai de laisser un petit mot d'excuse dans la boîte aux lettres de Daniel de Gand à quelques centaines de mètres de chez moi.

Je passai l'après-midi à me reposer, à lire et à écouter quelques K7 de musique. Je devais, une fois de plus, être dans une période Supertramp. *Rien d'illogique à cela.* L'heure avança. Sandrine rentra des cours, joyeuse et merveilleuse à mes yeux. Quelque chose avait changé entre nous. Un infime petit truc, indiscernable, mais qui comptait. Un peu à l'image de ces journées où l'on se lève et où l'on sait que tout va être possible, que la chance sera de bonne compagnie et fidèle. Ces fameux jours durant lesquels on a l'impression de vivre un peu en dehors de la réalité, spectateur absent, acteur passif d'un présent déjà révolu, sans avenir.

Tel était mon état d'esprit avant que j'aperçoive à travers la vitre de chez Georges mon père et que je constate qu'il n'était pas seul.

Chez Georges, on était en Grèce dès qu'on avait poussé la porte. Hiver comme été, il y faisait chaud. On était même plus en Grèce chez Georges que dans n'importe quelle ambassade grecque. Bien sûr, il y avait les photos du Pirée, celles d'Athènes, de Rhodes et de Santorin. Le décor était majoritairement composé de bleu et de blanc. Quelques statuettes aux attributs sexuels mis en valeur en faisaient presque un temple dédié à Éros. Enfin, il y avait cette odeur indéfinissable, ce bouquet qui vous explosait les neurones de devant, à vous en faire mal.

Je m'avançai donc vers le comptoir, embrassai Georges, ouvris la porte de la cuisine et saluai tout le monde alors qu'une vague de chaleur encore plus lourde et que mille parfums excitaient mon envie de moussaka.

Tout au bout du restaurant, mon père avait un large sourire. Face à lui, dos à moi, je reconnus le port de tête de Bob. C'était donc ça, ma surprise. Le vieux Bob, ses histoires, ses aventures et sa gouaille étaient de la partie.

Bob était bronzé, comme souvent. Je lui dois de vous le décrire. Ce qui frappait à l'époque celui qui jetait un premier regard sur Bob, c'était un truc d'ensemble. Bob semblait sortir tout droit d'un film noir des années 1950. La coupe de cheveux propre, parfaite, le poil noir, très noir. Le sourcil épais, un visage anguleux comme on n'en voit plus, des pommettes saillantes, des yeux verts et une bouche qui venait démarquer un menton creusé et un nez aquilin. Le corps de Bob était tonique, cela se voyait. Des nappes de poils noirs disciplinées recouvraient les doigts et le dessus des mains. Même le bracelet de sa montre en était recouvert. J'aimais l'image de Bob. Et il faisait tout pour la soigner avec ses costumes bien mis, ses petites touches d'élégance comme un col uni sur une chemise lignée, les discrets boutons de manchettes, son air mousquetaire avec ses cravates soignées, mais originales. Je vous le dis, il aurait pu jouer dans n'importe quel film de Cerrato, Hunebelle, Boisset ou Giovanni, et tenir le rôle comme Lino Ventura tenait le pétard.

Bob devenait dans ma réalité ce que George Smiley était déjà à mon imaginaire. Aussi, nous passâmes une très agréable soirée. Les plats se succédèrent. Stan et moi buvions avec délectation les aventures diplomatiques traduites en mots simples pour les néophytes que nous étions. Cela ne m'empêchait guère d'être le seul « vrai » scientifique de la table, et offrait tout de même à mon père, homme réfléchi, la possibilité de donner son avis.

Vers une heure du matin, je les quittai, rassasié d'affection, repu de fierté d'avoir eu à ma table deux des trois hommes les plus importants de ma vie. L'oncle Jeff étant en voyage professionnel dans des endroits où la guerre des strings et autres « kinis » faisait rage. Stan avait proposé de me reconduire, j'avais préféré marcher. Bob et moi étions encore restés quelques instants sur le trottoir, à fumer deux ou trois clopes. Il dormait à quelques kilomètres de Mons, dans une pension de famille. Puis, lui aussi avait quitté les lieux. Je finis par retourner vers mon chez-moi tout en me demandant comment je passerais le prochain check-point.

Au *Saloon*, la fête battait son plein. Strim dégobillait sur le trottoir, il avait l'air défait. Trop occupé à identifier le fruit de sa dégurgitation, il ne me vit pas passer, heureusement. Ouf, j'avais frôlé le pire.

Quelques heures plus tard, j'étais sous la douche, mal réveillé, et le corps en overdose d'acide lactique. Mon cœur ne parvenait pas à se calmer malgré le pétard que j'avais fumé avec mon premier café. J'étais de très mauvaise humeur. Et cela ne faisait que commencer.

Teddy se pointa vers quinze heures. Furieux, il ne s'était même pas fendu d'un bonjour. Le petit mot que je lui avais laissé dans notre boîte à lettres morte principale – sous un banc du parc de l'université – l'avait rendu hystérique.

— Comment peux-tu annuler un tel rendez-vous ? Merde !

— Oh, ça va, répondis-je. Dans la vie normale, ça se fait.

— Oui, mais ce mec, ce Daniel de Gand, tu dois le coller.

— Je croyais que la cible était Jean-Christophe.

— Ça, c'était avant ton dernier rapport.

— Je suis supposé faire quoi, maintenant ?

— Tu vas suivre mes instructions à la lettre. Alors malade ou pas, ton père en ville ou ta mère à l'agonie, tu bosses ? *Capicce* ? Et tout ça n'est pas un exercice, putain.

Sans piper mot, j'écoutais ses ordres, interloqué par ce qu'il me demandait de faire. Et j'avoue que j'avais beaucoup de mal à saisir ce qu'il cherchait. En revanche, je savais que réussir tout cela en seulement cinq semaines ne serait pas une promenade de santé.

∴

Finalement, j'opte pour un café en terrasse. Je sais, il est tard pour la caféine. Dix-huit heures trente, j'ai marché trente minutes, j'ai erré devant les vitrines, et ne suis toujours pas parvenu à choisir mes priorités. Entre ce qui est bien, ce qui doit être fait et ce que j'ai envie de faire, il y a débat. À peine sorti du bureau, le besoin de marcher s'est à nouveau fait sentir.

Peut-être est-ce la *midlife crisis* qui toque à la porte ? Pourquoi pas ? J'ai presque cinquante ans. J'ai eu une carrière stressante, une vie stable sur la forme, mais très instable sur le fond. Pas d'enfant, pas d'épouse. Même pas une ex-épouse qui me ferait chier ! Même pas une concubine qui me relancerait. Lorsque j'étais adolescent, j'avais l'impression de ne pas avoir eu d'enfance. Ce qui est faux, bien entendu. Mes parents, très progressistes, ont tout offert à leur unique rejeton. Plus tard, en entrant dans l'âge raisonnable, j'ai eu cette impression d'être passé du stade d'enfant à celui d'adulte, sans passage par l'âge bête. Et là, alors que je sirote un expresso, seul, en terrasse, la Camel au bec, pour me rappeler quoi ? Une amitié intéressée basée sur le mensonge ? Je vais finir par croire qu'entre mes vingt-deux ans et ma cinquantaine annoncée, il n'y a rien eu.

Peut-être est-il temps pour moi d'arrêter ce métier schizophrénique ? Il suffit d'un simple papier pour démissionner. Une fois la chose faite, au revoir tout le monde. Je le sais bien, quand on quitte le service, le service nous quitte. Oh, il ne faut pas être naïf, il nous quitte, oui, mais ne nous quitte pas des yeux, il veille, tente d'entrevoir d'éventuelles étincelles menaçantes ! Je pourrais, je ne sais pas moi, rester consultant en informatique la journée et ne rien faire de mes nuits. Pourquoi pas dormir plutôt que rencontrer des ombres pour leur arracher des informations qu'ils ont extorquées, dérobées ou collectées furtivement ? Fini les doubles rapports, les doubles fonds dans les valises, les agents doubles, bref la double vie !

Alors que le garçon de salle s'enquiert d'une deuxième ration de café – ce que je m'empresse de valider –, je me demande si cela pourrait me manquer. Une question de plus, une réponse de moins.

J'ai mis longtemps à identifier le moment où tout cela a vraiment commencé. Je veux dire par là, l'instant où ma carrière d'espion est devenue une évidence. Durant des années, j'ai fait fausse route. Je me posais mal la question. Quand cette seconde nature a-t-elle jailli ? J'ai erré des heures durant derrière des carnets Moleskine que je brûlais après les avoir griffonnés. Jusqu'au jour où j'ai admis que ce n'était pas une seconde nature, mais bien la première. Tout savoir, tout comprendre et pourtant ne rien dire, jouer à celui qui ne sait pas, feindre, tenir les cartes amies d'une main, jouer contre l'adversaire de l'autre, simuler, singer, manipuler, influencer, démonter, oublier. Si seulement je pouvais oublier.

Le vieux Bob m'a dit un jour que l'interrogation de soi, la nécessité de connaître l'utilité des choses que l'on fait, est un processus normal. Lui, par exemple, il avait maintes fois failli renoncer à sa carrière diplomatique. Et les raisons d'entamer ses réflexions étaient nombreuses, surtout quand il officiait dans des pays pauvres, en guerre, délabrés et gouvernés par des dictateurs peu intéressés par les populations qui crevaient de faim. Et pourtant, Bob était toujours revenu à l'essentiel. D'après lui, décider de continuer a toujours été synonyme d'amélioration.

Pour l'heure, il faut que je revienne dans ma vie. Mes consommations sont déjà payées, j'écrase ma cigarette et suis prêt à répondre à Maryse avant de retrouver ma voiture. Cinq appels en absence, trois SMS de Maryse, un message Threema du Prélat – mon supérieur – et un message Facebook.

Tu attaques fort, là, non ? Presque trente ans, c'est une paye, une peine même. Parlons-en autour d'un verre. Je suis en Belgique pour quelques semaines encore, il paraît que toi aussi tu y es. Amitiés sincères. Teddy.

∴

CHAPITRE VII
SI JE T'OUBLIE JÉRUSALEM

À ma droite, l'officier de sécurité de la compagnie El Al me fixait droit dans les yeux pendant que sa collègue, une jolie brune aux yeux clairs, me posait les questions d'usage : « Qui a préparé vos sacs ? Emportez-vous des appareils électroniques ? Avez-vous laissé vos bagages sans surveillance après les avoir fermés ? Avez-vous une arme ? Avez-vous l'intention de commettre un attentat ? »

À qui n'y connaissait rien, les deux dernières questions pouvaient paraître incongrues, voire idiotes, mais elles étaient loin d'être banales et inutiles. En cas de mensonge, le corps crépite de petits signes non verbaux. Un œil à la pupille tremblante, les pommettes rougissantes, une sudation plus intense, la chair de poule ou encore une respiration disruptive, autant de signes trahissant une intention malveillante, une volonté de nuire. Mes yeux n'avaient pas bougé d'un poil. Rien.

Teddy avait été ferme sur l'attitude à tenir. Il fallait que je parte en Israël comme un touriste normal, désireux de visiter le pays, ses kibboutzim, ses musées, ses endroits magiques, ses plages, ses gens, sa culture et tout le toutim. À deux différences près. D'abord, je partais en tant que Juif, j'étais donc moins suspect. Ensuite, à la question « êtes-vous déjà venu chez nous ? », j'avais répondu oui, preuves à l'appui. Cela me laissait plus de liberté que les pauvres touristes lambda, faisant la file derrière moi, en attendant le sésame – sous forme d'autocollant – pour embarquer dans le Boeing.

Dès que l'avion décolla de l'aéroport de Bruxelles-Zaventem, je m'endormis comme une masse. Inconsciemment, je luttais contre le sommeil depuis trop longtemps. L'air conditionné, l'ultra-gentillesse des hôtesses et les rassurantes kippas ne tardèrent pas à provoquer en moi une sensation de sécurité propice au repos.

Il était prévu qu'une fois à Tel-Aviv, les gars de l'équipe de Moshe Vidor me prendraient en charge. « Tu l'appelleras le Chaman, comme tout le monde, une fois que tu seras là-bas, mais pas devant lui, hein ! » m'avait précisé Teddy. Tout cela avait été orchestré dans l'urgence. J'avais complètement fait capoter la mission Alpha. Ma toute première mission.

J'avais atterri plusieurs fois en Israël. J'en avais fait le tour, touristiquement parlant. Quelques-uns des amis de Stan et Charlie y vivaient, j'étais donc en terrain connu. Mon dernier voyage, à lui seul, m'avait permis d'identifier des points de chute, d'avoir des contacts que j'avais maintenus. Avec tout le brouhaha des derniers mois, l'arrivée de Teddy dans ma vie et la vocation qui naissait en moi, je n'avais pas eu le temps de me poser, de réfléchir. C'était comme si je fonçais tête baissée vers mon destin. Je devenais une sorte de Simplicissimus. Voguer sur les ailes du lendemain, se laisser porter par l'air du temps, prendre les choses comme elles viennent, cette sordide impression d'une vie autogérée m'anesthésiait. Mais comme toujours, le simple fait de fouler ce sol me fit vibrer.

Cependant, cette fois, j'y étais sérieusement. La longue descente patriotique entamée avec l'aide, l'appui et les ordres de Teddy m'avait amené ici, sur une terre promise à quelques-uns. J'y croyais, je n'étais pas dupe, mais j'y croyais. Cette terre méritait, à mes yeux, d'être défendue hors de ses frontières par cette confrérie de gens de l'ombre dans laquelle je pénétrais, toujours un peu plus.

En cette mi-juin, il faisait chaud. L'air était lourd, et le charivari des véhicules, devant la gare autoroutière, remuait sable et poussière pour former une sorte de nuage jaune que perçait au loin un ciel azur. Autour de moi, une foule de personnes toutes différentes les unes des autres s'amassait. On trouvait là des Juifs hassidiques, des rabbins, quelques touristes américains aux shorts immaculés, des femmes aux cheveux couverts d'un étrange bonnet rappelant ceux portés par les rastas, des gars en jeans et bras de chemise, de nombreux militaires, hommes comme femmes, des paumés et beaucoup d'enfants. Quelques Arabes se tenaient à l'écart. Cette gare était à l'image du pays.

Dans ce caravansérail des temps nouveaux, le voyageur avait le choix. Il pouvait soit emprunter un bus, soit opter pour un taxi individuel ou encore s'engouffrer dans un *sherout*, ces taxis collectifs dans lesquels on monte à huit ou dix. Quelques privilégiés attendaient un transport personnel, c'était mon cas. Debout au milieu de cette toile digne d'un Lapoujade[14], le sac de voyage entre les chevilles, je finissais une cigarette lorsqu'un type assez jeune, très mince, aux lunettes de soleil noires, s'avança vers moi comme si j'étais son cousin de New York.

Il m'invita à le suivre, ce que je m'empressai de faire. Il marchait vite. Celui-là, j'avais décidé de le prénommer Bobby, et il ne m'attendait pas. J'étais à la traîne avec ce gros sac sur le dos. La myriade de voyageurs, qui se déplaçaient chaotiquement, se bousculaient et se repoussaient, n'arrangea rien. Finalement, Bobby se retourna et revint sur ses pas. Sans mot dire, il attrapa mon sac, le balança sur son épaule gauche, à l'horizontale. De dos, il ressemblait à un chasse-neige. Projetant les pèlerins à droite comme à gauche, il me fraya un passage. Une fois le sac dans le coffre de la vieille Peugeot immatriculée avec des plaques jaunes – des plaques civiles –, il ouvrit la bouche pour me dire : « C'est comme ça ici, faut s'faire une place si tu veux avancer. »

Trois heures plus tard, nous arrivions en bordure du lac de Tibériade. Le dernier panneau routier que je vis indiquait la ville de Migdal. Bobby arrêta le moteur devant une maison isolée. Je ne m'attendais pas à cela. Pour tout vous dire, je pensais arriver dans une sorte de caserne, même discrète. Ce pavillon ressemblait à s'y méprendre à celui dans lequel Teddy s'était caché de moi. En revanche,

[14] Robert Lapoujade (1921-1997), peintre et graveur français.

personne ne m'enferma dans ma chambre, j'étais libre et presque seul. Bobby jouait la nounou, mais, il faut bien l'admettre, il était plus proche d'une nourrice officiant à Cighid[15] que de Mary Poppins.

Les consignes de sécurité étaient strictes : pas de contact extérieur, pas de cigarette sur la terrasse la nuit, le volume musical sur trois, pas plus, et encore un tas de trucs du même acabit. Le premier soir, Bobby me quitta trente minutes, j'eus le temps de fouiller la maison. Chou blanc. Quand il revint, une cagette dans les mains dont le contenu fumant était enrobé de papier aluminium, je compris qu'il n'était pas, non plus, un fin cuisinier, et que les pitas seraient mes rations de combat.

∴

L'attente dura cinq jours. Pas un message de Teddy, pas un contact. Rien. C'était à peine si Bobby, qui s'appelait selon lui Dan, m'avait adressé la parole. Le matin, il me réveillait à cinq heures. Nous quittions ensemble le pavillon, au pas de course, jusqu'au lac. À mi-chemin, près du cimetière, sur la route pentue, Bobby accélérait le pas, et nous partions pour un sprint de cinq cents mètres avant de plonger dans les eaux de l'Hawaï Beach Club. Là, je le larguais aisément, tous les jours un peu plus. En sortant de l'eau, il était toujours suffocant.

Le sixième soir, Moshe Vidor en personne nous visita. Bobby, sur ordre, nous laissa seuls. Le

[15] En mars 1990, l'Europe découvre cet orphelinat situé à Ghiorac (Roumanie) et les horreurs qui y sont commises. Le régime interdisant la contraception et l'avortement, les orphelins y étaient parqués dans des conditions inhumaines. L'espérance de vie n'y était que de quelques semaines.

Chaman sortait tout droit des années 1950. Il devait avoir la soixantaine, un peu plus peut-être. Ses cheveux gris tombaient largement sur la nuque et recouvraient les oreilles aux lobes impressionnants. Il avait ce tic qui consistait à les dégager en remettant les crins blancs derrière les pavillons. Le regard était perçant et les yeux noirs et vitreux n'exprimaient qu'une absence d'émotions. Ses joues étaient creusées, rugueuses et lorsque rarement il souriait, elles se gonflaient sous les tempes. Son éternel costume gris et son lainage beige lui donnaient un air professoral. Il me sourit et cela m'inquiéta.

— Sacha Lebel. Ah, si tu savais combien d'atouts sont passés entre ces murs.

— Je crois qu'il n'est pas nécessaire que je le sache.

— Oh, mais je ne te le dirai pas.

— Teddy, peut-être ?

— Teddy ? Ici ? Oui, bien sûr. Mais c'est le seul nom que je lâcherai, me dit-il avec le regard carnassier.

— Alors comme ça, j'entame une carrière au Mossad ? demandai-je un peu effrontément.

— On le dit, répondit-il en haussant les épaules.

— Même après avoir merdé sur l'opération Alpha ?

— Ah ! Voilà. Et en quoi crois-tu que cette opération est une défaite, hein ?

— J'ai quand même été repéré.

— Ça oui, tu l'as été. Mais c'est ce que voulait Teddy.

Je ne sais pas pourquoi, mais à ce moment-là, le puzzle s'assembla. Vidor me parlait, mais j'avais les yeux fermés et je revoyais devant moi, comme si une pièce se jouait, tout ce que j'avais manqué. La manipulation est leur métier, me répétai-je comme un mantra.

∴

Pour bien comprendre, il faut d'abord revenir à la première soirée chez Jean-Christophe. Ce fameux soir où, d'abord furtivement, Daniel de Gand m'était apparu. Au fil de la soirée et des bières, et à la demande insistante de notre hôte, nous avions échangé et finalement sympathisé autant qu'il m'était possible de le faire. En y repensant, je dois bien admettre que le véritable instigateur de cette rencontre, c'était cet étrange curé défroqué. Je ne m'en étais pas rendu compte. Sans doute étais-je trop absorbé par ce nouvel environnement hostile dans lequel je devais me fondre.

Avec une certaine célérité, Daniel avait joué la carte de la proximité. Celle des valeurs, fausses d'ailleurs, qui nous réunissaient en cet endroit, mais aussi celle de mes études et des siennes. Séminariste, sa connaissance de l'Histoire, sous l'angle religieux certes, était impressionnante. Elle ne s'arrêtait pas à l'Antiquité ou à la période christique, non, elle était bien plus large. Cet érudit connaissait les autres Livres et ne manquait pas d'anecdotes culturelles et cultuelles quant aux années noires de l'Église, Inquisition comprise.

Cette conversation engagée, il ne lui fallait pas

d'autre prétexte pour m'inviter dans sa petite chambre d'étudiant. Ce qu'il fit.

Comme vous le savez déjà, j'avais loupé notre premier rendez-vous pour cause de dîner paternel, celui où Bob était de la partie. Daniel s'en était plaint lors de notre rencontre suivante dans un bistro. Trouvant cela déplacé, il m'avait remonté les bretelles comme à un jeune scout – dont il était friand. Cette ambiguïté m'interpellait, ses préférences sexuelles nauséabondes encore plus. Cependant, j'étais en mission. Cela n'excusant pas tout, je me réfugiai alors derrière le manque de preuves, bien disposé à en trouver pour faire tomber ce salaud. Je m'en étais ouvert à Teddy, mais ce dernier estimait que ma priorité était autre. À ses yeux, je devais mettre le turbo, quitte à prendre des risques.

Comme prévu, j'avais donc passé quelques soirées avinées avec Daniel. La plupart du temps, nous n'étions que deux dans sa mansarde pleine de poussière et d'ouvrages divers et variés. De *Mein Kampf* aux *Œuvres de Lénine* en passant par des traités sur l'équilibre monétaire, on était dans une bibliothèque dont il était le rat, au sens propre comme au sens figuré. Avide de connaître sa véritable fonction au sein du Nouveau Front, je le pressai de questions, je cherchais à tout savoir, à détailler leur organigramme et à m'y immiscer.

Souvent, lorsque je pensais aller trop loin, il avait ce rictus qui ressemblait tellement à un encouragement, à une invitation à en faire plus, que je poussais dans cette direction, comme attiré vers les ennuis. Il en redemandait, je ne comprenais plus rien. J'étais sûr de moi. Rien ne pouvait me trahir, même pas mon nom de famille. Comment les membres du Nouveau Front pouvaient-ils connaître mes origines, moi qui n'en parlais jamais, qui n'évoquais même pas la situation au Moyen-Orient. Et si Teddy était suivi ? S'ils savaient tout de lui ? Non, cela était impossible. Plausible, mais impossible à mes yeux.

Engoncé dans son éternel et unique costume noir, Daniel m'amenait sur des terrains dangereux pour lui lorsque nous n'étions que deux. Si bien que j'avais proposé à Teddy de provoquer une cassure, de changer le rythme. Pourquoi pas lui faire casser la gueule ? Pourquoi ne pas l'emmener sur la pente de l'un de ses vices, pour le corrompre ? Je lui avais même proposé de changer d'agent, de me retirer. Teddy, pour unique réponse, me demanda au début du mois de juin d'augmenter la pression et la cadence. J'avais vécu cela comme un suicide, mais Teddy semblait être tellement sûr de lui que je mis le turbo. Les compresseurs à fond.

Je croisai un David bis un soir, à l'abri des regards, il me remit tout le matériel nécessaire. Ce même équipement avec lequel je m'étais entraîné dans le pavillon parisien quelques semaines plus tôt.

L'avant-veille de mon départ précipité pour Israël, je prenais des photos de Daniel en compagnie de Jean-Christophe et de jeunes garçons dans une Maison de jeunes. Au culot, j'avais sonné chez lui le soir même. Vers deux heures du matin, il était complètement saoul. J'en profitai pour placer deux micro-enregistreurs. Un sous le canapé, un autre dans un pot où un faux ficus tanguait lorsque l'unique fenêtre était grande ouverte.

Le lendemain soir, la messe fut dite.

∴

Moshe Vidor planta le reste du décor, de cette manière. Les raisons, pour lesquelles j'avais dû quitter en urgence la Belgique faisant de moi un fugitif, résidaient dans le fait que Daniel m'avait tendu un piège efficace. Tous les membres du Nouveau Front le savaient ! Une tentative de pénétration et d'approche de la cellule montoise avait été avortée grâce à la sagacité de Frère Dan.

Puisque je n'avais pas dit la vérité à Teddy sur la manière dont s'étaient déroulées mes dernières minutes au sein du Nouveau Front, je ne comprenais pas comment Moshe Vidor pouvait être en possession de tant de détails sur le sujet. Mais il allait y venir, je n'avais aucune crainte à ce sujet.

À Teddy, j'avais servi une version édulcorée et rabotée à la fois. Il savait que j'étais arrivé chez Daniel de Gand le soir en question, que Jean-Christophe était présent, qu'ils discutaient de moi dans des propos injurieux et vindicatifs. Je lui avais dit que je supposais aussi la présence des *security guys* du groupe. En réalité, je le savais bien puisque contrairement à ce que j'avais indiqué à Teddy, après avoir entendu, derrière la porte, la conversation, j'étais entré dans la petite chambre où les quatre aficionados du petit moustachu tyrolien complotaient contre moi.

Je ne lui avais pas dit non plus que j'avais été immédiatement ceinturé par les deux molosses. Que l'on m'avait soumis à la question. Je ne lui avais pas dépeint la posture dans laquelle j'étais, chrysalidé dans un cocon de fortune fait d'une couverture écossaise et de trois ceintures militaires. Un couteau pointé sur la jugulaire droite et un tesson de bouteille sur la pomme d'Adam, j'avais reçu quelques coups de pied et quelques baffes bien tassées.

Autoritairement, Frère Dan avait mis fin à l'apéro. Comme il le stipula, le temps du plat de résistance était venu.

Tout cela, je l'avais tu. Non pas parce que j'avais honte, puisque la suite était encore plus épique et à mon avantage, mais simplement parce que pour m'en sortir, j'avais suivi un conseil de Bob. Or, il m'était impossible de trahir ses précieux conseils et encore moins celui qui me les avait distillés.

Vidor avait, lui, tous ces détails. « Seule une personne dans la pièce peut savoir tout ça », avais-je marmonné. Les détails étaient trop précis pour ne provenir uniquement que de micros ou de systèmes d'écoute. Le Chaman attrapa mon regard. Ses yeux cherchaient à me dire quelque chose, à m'indiquer un chemin. Ils me laissaient aussi l'opportunité de ne pas complètement perdre la face.

Frère Dan ! Mon désarroi fut immense lorsque le Chaman confirma l'identité de la taupe. En guise de taupe d'ailleurs, je n'allais pas être déçu par la suite. Ma mission était d'éclairer un maximum les choses autour de moi pour que le véritable atout de Teddy, celui qui avait en profondeur pénétré le Nouveau Front, puisse rester dans l'ombre. J'avais été dupé par un agent double issu du même bord que le mien. Je comprenais mieux les allusions faites par Daniel, l'insistance dont il faisait preuve pour trop m'en dire et la pugnacité dont il avait fait montre pour aiguiser ma curiosité.

Une mission de sauvetage, voilà ce qu'avait été ma première opération. J'étais à bout de souffle, j'en voulais encore plus à Teddy.

Vidor était toujours devant moi. Je n'avais plus rien entendu de la suite de son discours, mais je vis à sa mine qu'il attendait une réponse.

— Excusez-moi, fis-je en me levant.

— Je t'en prie.

Et je fonçai vers les toilettes, marqué par la honte d'avoir été, en quelque sorte, le dindon de la farce. Je comptais sur cet interlude hygiénique pour obtenir une reformulation de la question. J'étais penaud, oui ! Vexé aussi. Pourquoi Teddy ne m'avait-il pas assigné le véritable objectif ? J'étais capable pourtant de le faire, ça. Et puis, cela changeait quoi ? Vidor m'avait quand même mis au courant pour Daniel de Gand. La démarche de Teddy n'était donc pas uniquement celle de protéger son atout, mais aussi de me mettre en difficulté et de se foutre de ma gueule. Voilà ce que je pensais, de tout ça.

— Alors ? On continue ?

— On continue, dis-je avec provocation.

— Très bien.

— À certaines conditions, complétais-je.

— Très bien, répéta-t-il deux fois.

Le lendemain matin, Bobby me réveilla à cinq heures. Nous partîmes courir, mais il me laissa nager seul. Je l'aperçus au bar de la plage, l'oreille collée sur le combiné d'un téléphone public. Il semblait acquiescer à tout ce que disait son interlocuteur. En observant la courbure de son corps, la mollesse de son poignet droit et l'autre main plantée profondément dans la poche de son jeans, j'en conclus que quelque chose se terminait. Bobby avait un visage presque triste. Je commençais à paniquer. L'un de nous deux était de trop.

Jusqu'à la pause déjeuner, mon cornac me laissa en paix. Après avoir englouti une salade mixte, il se mit à m'enseigner les règles de sécurité à suivre après un départ en retraite. Je trouvai bien sûr étonnant de commencer mes obligations de carrière par la fin, mais Bobby insistait. Je compris ainsi que, peu importe la manne de secrets auxquels avaient accès les agents, la plupart des choses réalisées étaient sans fondement puisqu'il n'existait presque jamais de preuves des opérations. Bobby souligna le mot « preuves » quelques fois et finit par me dire que les preuves, quand elles existaient, étaient fabriquées à dessein.

Pour attester de cela, il illustra ses propos à l'aide de nombreuses photos de moi prises, par exemple, en compagnie de Jean-Christophe. Il évoqua en particulier celle où je faisais le salut nazi. D'ailleurs il m'en montra plusieurs copies. Et voyant que mon énervement surgissait, il relata quelques confidences faites à Teddy, notamment sur ce Bob qui gravitait autour de ma famille et en qui je voyais « plus qu'un diplomate ». Cela datait du début de nos conversations, quand il était encore mon ami.

Durant un court instant, j'hésitai sur ce qu'il fallait penser de tout ça. Après tout, il était normal que l'on se renseigne sur un futur agent, surtout si l'on désire en faire un as, comme le martelait Teddy. Mais le soir même, je compris que nous n'en étions plus là.

∴

Juste une toute petite semaine. À peine le temps de m'acclimater et voilà que j'avais déjà aux fesses tous les services de sécurité israéliens. Vous allez me dire : mais qu'est-ce qu'il lui a pris de s'enfuir comme ça d'une planque du Mossad ? Et vous auriez raison de poser la question. Si Bobby avait eu l'ordre de me tuer, je crois qu'il l'aurait fait. Mais dans ce cas, à quoi bon mener une interview de sortie ? C'était ridicule.

Bien sûr, depuis cet épisode, j'ai eu le temps de vivre d'autres aventures. Rentré en Belgique, j'ai fini ma thèse. Je ne peux pas dire que j'y ai mis tout mon cœur, car mes espérances déchues l'avaient brisé. Puis il y a eu l'Armée, l'entrée au Service, des années à l'étranger, en mission à droite et à gauche. Mais mon évasion d'Israël est comme ma première gonzesse, jamais je ne l'oublierai.

Secrètement, mystérieusement, avec de la chance et rapidement, j'avais quitté la Terre promise. Je n'avais pas réapparu sur les radars du Mossad, en tout cas le croyais-je. Avec ce départ forcé, il m'était impossible de ne pas renoncer à ma condition de Juif. J'avais tellement fait l'amalgame entre citoyenneté et religion, que j'avais abandonné cette terre avec un tel sentiment de honte que je m'étais promis de ne plus jamais y revenir. Le tout ferré dans un serment de n'en parler à personne. Et c'est ce que je fis, enfin presque.

Même lors des phases de sélection pour le Service, jamais je n'ai évoqué cet épisode israélien. Évidemment, il m'a été impossible de cacher mes origines, mais je défendais des positions très laïques, progressistes et presque antisionistes. Peut-être est-ce là la véritable raison qui a poussé mon employeur à me confier depuis toujours le Secteur russe. Découvrir cette nouvelle langue, cette culture et ses contradictions, ces hommes durs, ces femmes voraces, cette littérature et ce passé antinomique entre soviétisme et tsarisme. J'étais parvenu finalement à vivre d'un autre pays, comme prévu initialement, mais sans le servir, que du contraire.

Je ne suis jamais retourné en Israël, jamais. Cependant, je ne peux empêcher mon cœur de battre plus fort quand je vois ce qui s'y passe. Durant les trois dernières décennies, à de nombreuses reprises, les agents du Mossad ont évité le pire. Certains de leurs succès ont été annoncés, d'autres non. Dans ces moments-là, je ne parviens pas à ne pas y penser. Je me suis longtemps demandé si Teddy était de la partie, toujours aux ordres du vieux Chaman.

∴

CHAPITRE VIII
TAM-TAM

Le message est discret et inattendu. Je me suis levé ce matin et j'ai remarqué cette trace de craie sur la façade de la boutique de fringues de luxe en face de chez moi. Elle est en forme de spirale et se termine par une petite croix. Un signe que je guette chaque jour que Dieu fait quand je suis en Belgique, dans mon appartement de couverture. Contrôle dispose de deux moyens pour me contacter directement en dehors des canaux officiels, celui-là et un autre qu'il n'a jamais utilisé. Nous étions convenus de cela il y a très longtemps.

La dernière fois qu'il a gravé cette marque, c'était il y a dix ans, dans une autre ville. Finalement, cette fausse alerte nous a permis de tester le protocole. Cela étant, alors que je bloque le passage de l'entrée de mon parking privatif, je ne peux éviter de penser que tout cela a un rapport avec le message de Teddy. Changement de programme donc. Immersion en eaux obscures, je me sens comme une matriochka qui se recouvre d'une autre enveloppe au fur et à mesure que ma voiture fonce vers Paris. Ce n'est pas que je souffre d'une aversion pour le contre-espionnage, mais je suis plus à l'aise dans la partie offensive de ce drôle de métier. Être rappelé à l'ordre de cette manière, furtivement et dans l'urgence, n'augure rien de bon.

La deuxième étape confirme le premier message. À l'arrière d'un monument aux morts, dans un village situé juste après une sortie d'autoroute, je découvre le cartouche avec le billet codé à l'intérieur. Ici, pas de place pour la technologie, tout se fait à l'ancienne. On dirait même que cette pluie battante de printemps est programmée pour me mettre dans l'ambiance. Je n'ai qu'à suivre les instructions.

Comme prévu, je dépose ma voiture au parking de la gare suivante. Je vérifie que je ne suis pas suivi. RAS. C'est aussi le moment de me déconnecter du monde. Je coupe mon smartphone, ouvre la boîte à gants, saisis la pochette anti-rayonnement et y plonge mon dernier lien technologique avec *Big Brother*.

La petite gare est ouverte à cette heure de la journée. Contrôle a bien choisi le lieu. Je paie en liquide le billet de seconde classe qui m'amène à Paris. Prochain arrêt, gare du Nord. Décidément, le train, ça devient une manie depuis quelques jours. La rame est presque vide. Onze heures. Devant moi, il y a un vieux type qui somnole ou cuve, j'ai du mal à définir son état. Deux petites jeunes filles d'une quinzaine d'années discutent tout en prenant des selfies à tour de rôle. C'est une mode, ça passera. Je ne flaire aucun danger. Rien ne sort de l'ordinaire, sauf ma présence dans ce train, peut-être.

Alors, comme il me reste une bonne heure à tuer, je sors mon *Simplicissimus* et évite de me regarder dans la vitre derrière laquelle le paysage défile, surtout dans les tunnels. Histoire de ne pas croiser mon regard, je tourne le dos à la paroi, m'y blottis et pointe mon livre vers l'allée centrale.

Arrivée à Paris. Tout le monde descend. Une des petites jeunes me lance un regard tellement équivoque que je simule un strabisme aigu pour ne pas rougir. J'aide le vieux à quitter le wagon, il vaut mieux. L'odeur de l'alcool qui émane de lui est insupportable. Heureusement, il allume, en plein quai, une brune roulée dans du papier jauni. Son allure, son odeur, ses cheveux hirsutes et sa main qu'il balade à l'arrière de son pantalon laissent le préposé du quai pantois. Le cheminot est si ébahi qu'il en oublie de sermonner papy pour abus de tabac sur la voie publique. Par courtoisie, j'attends d'être à la première station de taxis pour allumer une Camel. On y fait la file, tant mieux, je vais me fondre dans la masse.

Paris n'est pas grise ce matin. J'ai de la chance. Comme les pavés des rues adjacentes à la gare sont secs, on gagne un peu de temps. Les gens disparaissent dans les berlines, et moi je monte dans une Mercedes. Le chauffeur est russe, zut. En temps normal, j'aurais volontiers fait causette, mais Contrôle m'attend. Il est temps de se concentrer fortement. Nous roulons trente minutes.

Les enseignes Tabac-PMU m'ont toujours fait penser aux vacances, mais je ne sais pas pourquoi. Ayant vécu toute mon enfance et mon adolescence en France, en particulier dans la cossue banlieue orléanaise, j'ai vu ces losanges rouges, parfois entourés de néons, des milliers de fois. Qui plus est,

Stan fumait beaucoup et lorsqu'il était à court de John Player Special, il m'envoyait au ravitaillement. C'est donc non sans nostalgie que je m'assois à la terrasse de ce bar-tabac de la place d'Italie. Mon parcours de sécurité touche à sa fin. J'en vois le bout, et j'ai réalisé un parcours sans fautes. Je mérite bien une bière et une nouvelle Camel. Je laisse filer le temps quelques dizaines de minutes. Autour de moi, la vie s'agite. Il y a les voitures, les travaux, les passants qui évitent les chantiers, les bandes herbeuses entre les faubourgs, des camions, des motos. Les toits sont pleins de paraboles qui pointent vers un Astra ou que sais-je encore ! La vie parisienne ne suffit plus aux « intra-muros », ils doivent avoir des nouvelles du bled pour survivre. Ce que je déteste Paris ! Même Mortier[16].

Les trois bières payées à chaque service, je n'ai plus rien à faire à cette table. Contrôle m'attend. Avant de quitter les lieux, je descends aux toilettes. La petite cabine téléphonique a disparu. Les souvenirs remontent à nouveau. Je vois l'ombre de Teddy partout.

Je marche deux bons kilomètres en comptant les allers-retours. Je suis relativement tranquille, car je ne suis pas suivi. Je retrouve le numéro du bâtiment. La façade a peu changé, mais rien d'anormal. Le quartier est moins animé que la dernière fois où je suis venu m'y réfugier. Je sonne, trois fois, puis deux. Quand elle ouvre la porte, c'est comme si c'était hier. Elle

---

[16] Au 141 boulevard Mortier, Paris XXe, se situe la « Centrale », le siège de la DGSE, le service de renseignement extérieur français.

me sourit, me tombe dans les bras, et me tend une petite serviette en papier siglée McDonald's.

∴

Vingt-sept ans plus tôt. Deux heures avant la rencontre.

La chambre dans laquelle je me trouvais était à coup sûr celle d'un adolescent. Il n'y avait là qu'un seul bouquet de fleurs sur lequel était agrafé un bristol à l'attention d'un certain Rudy. Il était signé par toute l'équipe des joueurs du Paris XO Rugby. Les nombreuses lectures en anglais et le prénom du garçon m'arrangeaient bien. Un étranger hospitalisé, cela sentait bon le téléphone autorisé dans cette chambre d'hôpital. Je composai alors le numéro appris par cœur. Après trois sonneries, une femme me répondit. J'indiquai m'être éventuellement trompé de numéro, elle me demanda de patienter un instant et me passa Contrôle.

— Voilà. Comme je te l'ai dit hier, je suis dans la merde. Ils m'ont assigné une mission.

— Laquelle ? me demanda-t-il sur ce ton si doux et si posé dont il usait toujours avec moi.

— Je dois aller au contact d'une fille, la séduire, passer du temps chez elle, deux ou trois jours, puis les appeler et les faire débarquer dans l'appartement pour vérifications.

— Oh. Oh. Déjà ? Ils te prennent pour un as.

— J'en suis un, non ?

— Non, mais je vais arranger ça.

— C'est toi le patron.

— Écoute bien ce que je vais te dire, Fiston.

Comme il me l'avait appris, j'avais fermé les yeux pour écouter ce qu'il me racontait. D'abord, j'écoutais la musique de sa voix, puis les sons, les intonations, les ponctuations, pour ensuite m'imprégner des sentiments que provoquaient en moi les mots qu'il me disait.

Tout en fauchant au gré des poches portefeuilles, pièces de monnaie, tickets de métro, bons de réduction, bref tout ce que je trouvais d'intéressant, je répétais dans ma tête l'endroit où je devais me rendre, la fille que je devais regarder, l'attitude qu'il me fallait adopter, les premières phrases que j'avais à lui dire et la ribambelle de gestes que j'avais à faire.

Une fois assis sur le banc du jardin de Reuilly, je détruisis toute trace pouvant me relier au larcin. Je ne gardai que le nécessaire. Ensuite, je m'étais fait faire une « beauté » tout en prenant soin de détroncher d'éventuels poursuivants. Jusque-là, j'avais été prudent, mais maintenant que j'avais demandé de l'aide à Contrôle, il ne m'était plus possible de prendre de risques sans mettre en péril celle et ceux qui allaient m'aider.

∴

Insistante, elle me regarde après avoir fermé la porte. Silence. Nous restons quelques instants figés dans le moment présent. Elle finit par me dire que j'ai bien changé. J'ai peur de la vexer, alors je lui dis qu'elle pas trop ! Elle agite la petite serviette et m'invite à rentrer. Nous restons dans le vestibule.

— Alors, tu n'as pas déménagé ? Toujours dans cet appartement qui te sert aussi d'atelier !

— Euh. Oui. Enfin, j'ai bougé quand même.

— Mais tu es revenue ici ?

— Juste pour toi. Mais nous en parlerons après. On t'attend dans le salon, dit-elle en se dirigeant vers la porte d'entrée tout en remontant le col de sa veste.

— Tu n'assistes pas à l'entrevue ?

— Je vous laisse, entre hommes. Je reviendrai un peu plus tard. Attends-moi là, si tu veux.

— Oui, je veux.

Tam m'embrasse délicatement sur le coin des lèvres tout en me caressant la nuque. Elle non plus ne m'a pas oublié. J'arpente le couloir, tourne vers le second vestibule, ôte ma veste Barbour et pénètre dans le salon où il m'attend, le sourire aux lèvres, le regard profond et bienveillant.

— Je suis certain que tu as joué l'étonné et que tu lui as demandé si elle n'avait pas déménagé, me lance-t-il.

— J'avoue.

— C'est une planque de la Maison, une vieille planque, tu sais.

— Tu m'expliqueras un jour, Bob ?

— Promis, Fiston.

Bob est assis dans un fauteuil en rotin, le même fauteuil sur lequel Tam avait déposé ses habits la première fois où nous avions fait l'amour, sur le tapis. Je suis heureux de le voir. Depuis qu'il est à la retraite, je le vois de temps en temps quand Charlie nous invite tous les deux à manger. Mais elle nous colle tellement que nous n'avons pour seule intimité que nos « instants cigarettes ». Il faut fumer dehors depuis que la Seita[17] a creusé la tombe de Stan, avec son consentement d'accro à la nicotine. Rarement, nous avons l'occasion de parler Boutique. Et puis, Bob est sorti du circuit depuis une dizaine d'années, et je ne peux pas lui parler des nouveaux dossiers sur lesquels je travaille. Déjà avant, cela nous était difficile. Bob s'occupait du Moyen-Orient, pas moi.

— Tu as reçu mon message ?

— Nous ne serions pas là, Fiston. Si je n'avais pas reçu ton message, pas de trace sur le mur et pas de monument aux morts, pas de train et pas de café place d'Italie. *Niente* !

— C'est vrai. Désolé, je suis crevé.

— Viens, je vais te faire un café.

Je le suis jusque dans la cuisine. Moi derrière lui, abonné à ses pas comme un chien à son maître. Je ne me souviens pas de l'avoir un jour devancé, si ce n'est qu'une fois, au sens figuré. Je l'ai battu au test d'entrée de la DGSE, paraît-il.

D'un commun accord, Bob et moi n'avons plus jamais parlé de cette affaire israélienne. Même entre nous. Moi, je ne m'en suis jamais ouvert, à personne. Quant à Bob, s'il a respecté sa parole, tout ce qu'il a consigné sur sa source approchée par le Mossad, traitée et formée par elle, ne contient aucun nom. Il m'avait attribué, à l'époque, un indicatif pour la mission, et il était le seul, avec son supérieur, à le connaître. Même moi, j'ignore encore aujourd'hui de quoi il en retourne.

Bob a joué sa carrière, le jour où il m'a aidé. Il a

[17] Société d'exploitation industrielle des tabacs et des allumettes.

bravé bien des interdictions, formelles comme tacites. J'étais jeune, proche de lui. J'étais le fils de son meilleur ami, et il avait sur moi une emprise forte. Mais il y a pire, il m'a recruté comme source à cette époque. Briser le silence aurait entraîné pour lui une mise à la retraite forcée et aurait remisé à jamais mon entrée dans la Maison, malgré mes excellents états de service au sein de l'Armée. Nous nous sommes tenus l'un à l'autre, et nous avons bien fait. Maintenant que Teddy ressurgit, notre fragile équilibre est peut-être en danger.

— C'est étrange, non ? que je m'empresse de lui demander.

— Oui, c'est surtout la manière de t'approcher qui est intrigante.

— Et cette rencontre fortuite avec Sandrine. Je ne le sens pas.

— Oui, en effet. Il faut éclaircir tout ça, voir le jeu dans sa globalité.

— Il faut que je te dise autre chose, Bob.

— Ça concerne une opération en cours ?

Oui.

— D'habitude, je ne veux rien savoir, mais vu les circonstances…

— OK. Pas de détails, mais je suis sur un gros truc.

— Un recrutement ?

— Oui, de haut niveau, lui confirmé-je.

— Un officier ?

— Quelque chose comme ça.

— Un Popov ?

— Bien sûr, tu sais bien que je ne fais que dans le bortsch.

— Alors, il y a quelque chose que tu dois savoir. Quelque chose que je ne t'ai jamais dit. Quelque chose pour lequel il n'existe aucun papier, aucun document et aucune archive.

— Le temps béni de la guerre froide ?

— C'est presque ça. Allume-toi une clope, assois-toi, et ne dis plus rien avant que j'aie terminé.

∴

Une fois sur le territoire belge, je ne risquais plus rien. Même Teddy n'était plus une menace pour moi. Il en savait beaucoup sur moi, mais j'en avais autant à son sujet. Il est vrai que dans les premiers temps, la prudence était une priorité absolue. Je revenais à Mons uniquement lorsque mes travaux universitaires exigeaient une présence physique. J'avais conservé mon logement étudiant, mais je n'y passais plus aussi souvent. Cela tombait bien, Sandrine était en stage pour un an, aux États-Unis, comme apprentie traductrice à l'ONU. Il m'était même arrivé par deux fois de la rejoindre à New York. Retiré précocement des affaires d'espionnage, je n'en avais pas moins évité les quartiers juifs de la Grande Pomme, question de sécurité.

Quelques fois, j'avais cru être suivi. Je m'en étais ouvert à Bob, mais il m'avait rassuré. Cela étant, pour lui, la protection qui s'avérait être la meilleure, c'était un engagement d'un an dans l'armée. Je résistais encore quelques mois à l'appel des palmes et du parachute, le temps d'être certain de pouvoir soutenir ma thèse.

Les mois passèrent. J'esquivais les endroits où traînaient les membres du Nouveau Front. Jusqu'au jour où j'appris par les journaux que tout ce petit monde avait été pris dans la tourmente de différents trafics. Des Serbes y étaient mêlés, si mes souvenirs sont corrects. Une partie des dangers qui planaient sur moi était bien trop occupée à vomir sur une justice orientée, sémite, maçonnique et exécutrice des lois du capital. Bon joueur, je leur souhaitai bon courage et bon vent.

Mais l'affaire Teddy me restait en travers de la gorge. Parfois, l'envie de lui casser la gueule dominait tout autre sentiment. À d'autres moments, j'étais tellement épris de vérité que j'entrevoyais la possibilité de le torturer pour le faire parler. Ce qui était certain, c'est que, présent ou pas, il ne m'était toujours pas indifférent.

En mars 1994, après six mois d'armée, ma première permission était accordée. Une permission royale du jeudi au lundi. Bob crapahutait quelque part en Afrique, l'oncle Jeff venait de tomber amoureux d'une jeune actrice russe, et Stan et Charlie batifolaient quelque part sur les pentes du Kilimandjaro en attendant que Bob les rejoigne pour quelques jours.

Orléans ne me tentait pas. Rester à Toulon n'était pas une option. Ce fut alors que, saisi par une certaine envie d'en découdre, je pris le train pour Lille et ensuite pour la Belgique. Avec juste quelques fringues civiles dans mon sac à dos et mon

Simplicissimus, j'avais décidé de régler mes comptes. Inutile de vous dire que c'était pure folie. En qualité de militaire à l'instruction, je n'avais pas l'autorisation de quitter le territoire. Le premier-maître avait été très clair sur le sujet : *pas de rixe, pas de baston, c'est l'assurance de se prémunir du légiste et de la zonzon.*

Durant la dizaine d'heures de train que dura mon voyage, j'avais largement eu le temps de me préparer à cette rencontre. Mais au final, et jusque devant la porte de la petite maison, je savais bien que c'était l'instant qui dicterait ma réaction. Le *momentum*, comme disent les Anglais.

C'était vrai. J'avais tout prévu, émis tellement de possibilités et d'éventualités, que je me sentais prêt à tout. Sauf à ça.

Pour me rendre chez Teddy, à la sortie de la gare, j'empruntai l'itinéraire « Mercure[18] ». Je quittai la ville pour aborder ses faubourgs. Une fine pellicule de givre recouvrait la route. Sur les toits, quelques îlots de neige fondaient peu à peu comme les continents dérivent. Les cheminées recrachaient leurs volutes denses. En ce samedi matin, les rues sentaient parfois les croissants chauds, cela me donna faim. Mais mon appétit était ailleurs, je réclamais vengeance au mieux, explications au pire.

Enfin, je me retrouvai devant le portique en bois de la maison d'Hannah. Je le poussai, empruntai les petites dalles essaimées sur la pelouse. Les volets étaient encore fermés. Avec le recul, je me dis que

[18] Voir Chapitre I, La piscine.

j'ai su que quelque chose n'allait pas au premier regard. Il manquait quelque chose au décor. Un tout petit quelque chose. Mais pour l'instant, je sonnai. Personne ne répondit. Dans le feu de l'action, et parce que j'avais envie d'en découdre avec ces mauvais souvenirs, je passai sur le côté. Je fis le tour du bâtiment et c'est en forçant un peu sur un volet que la désolation me serra la gorge.

La maison était vide. Plus un meuble. J'avais envie de fouiller, de tout casser, mais à quoi bon ? C'est en quittant les lieux, alors que je me retournai encore une fois, l'air interrogateur et plein de dégoût, que je remarquai les petits trous dans le chambranle de la porte. C'était ça le petit détail. En partant, sa mère et lui avaient emporté leur *mezouzah*[19].

∴

Voilà l'histoire. L'envers du décor. Bob tremble un peu, me lance des regards francs, mais inquisiteurs. Dans cette cuisine aseptisée où nous sommes assis, Bob continue son monologue. Je lui obéis et ne compte pas l'arrêter.

« Quand tu m'as parlé la première fois de ton ami Teddy, tu as indiqué la manière dont vous vous étiez rencontrés. La piscine, tout ça. Je me souviens bien de ton interrogation à son sujet. Tu m'en as parlé parce que tu soupçonnais quelque chose, mais tu avais du mal à mettre des mots sur ce qui te dérangeait chez lui. Tu le croyais homosexuel ou

[19] Étui qui contient un parchemin portant des versets de la Bible et que les Juifs accrochent au montant droit de la porte.

investi d'une mission spéciale, voire les deux. C'est pour ces deux raisons que tu es venu vers moi. Pour savoir, n'est-ce pas ? »

J'acquiesce de la tête, que puis-je faire d'autre ? Il poursuit.

« Nous n'avons pas souvent parlé de ça. Je veux dire du fait que j'aime les hommes. Mais à l'époque, tu l'avais senti. Je te l'ai toujours dit, sentir les choses, c'est l'assurance d'avoir une première clef pour déchiffrer les gens et les situations. Mais soit. C'est à ce moment-là que je me suis inquiété pour toi. Tu disais Teddy par-ci, Teddy par-là. Je te sentais embringué dans une histoire où ton interlocuteur donnait l'impression de te mettre le grappin dessus à chaque pas que tu faisais. C'est la marque même de la manipulation que j'ai sentie. Et tu le savais, c'était mon métier. Bref, cela m'a dérangé, parce que tu sais que tu es un peu comme mon fils, celui que je n'ai pas eu. Mais je m'égare. Bref. Teddy a vite éveillé en moi des inquiétudes, des soupçons. C'est pour cela que je t'ai demandé de travailler pour moi. Bien sûr, mon idée de te recruter à la DGSE était prégnante depuis longtemps. Tout ça, tu le sais déjà, non ? »

Une nouvelle fois, je hoche du chef. Je le sens si mal à l'aise, il a tellement brossé le poil dans le bon sens que je m'attends à un coup sérieux.

« Je ne vais pas te faire l'article sur toutes les étapes de ta mission à l'époque, sur la surveillance, sur mon aide à Paris, dans cet appartement, ici même, ni sur tout ce que nous vous avons caché au Service par la suite. Il y a autre chose qui a été caché, mais pas au Service, à toi ! Le Service, même s'il n'a pas gardé trace du toi de cette époque, il a conservé quelque part une information importante que mon Prélat et moi t'avons cachée autrefois. »

Sa poitrine pantelle, son sourire disparaît et la contrition lui empourpre le visage. Je lui confirme que je suis prêt à entendre ce qu'il a à me dire. Bob marque une pause, se vide les poumons et entame.

« Teddy n'était pas un agent du Mossad, Sacha. Sa comédie à ton égard était d'une tout autre ampleur. Cet enfoiré ne te préparait pas à servir Israël. Non ! Il t'a alpagué au moment même où son service connaissait une profonde mutation. »

— Attends, attends. Tu dis quoi, là ? Que Teddy ne bossait pas pour le Mossad ? Bob, arrête s'il te plaît.

— C'est pourtant bien ce que je te dis.

— Putain, mais pour qui, alors ? Et c'est quoi cette histoire de mutation ? Bob, t'as pété un câble ?

— Teddy Lichtman était un officier traitant du KGB. Quand il t'a pris en main, son service était devenu le SVR[20]. Te souviens-tu du programme « Veruyushchiye[21] » ?

— Oui, enfin. Ce truc est une légende. Un truc mis en place pour contrer le Hezbollah en 1985. C'est ça ?

— Oui, en partie. Une opération pour sauver des otages en retournant des croyants contre leurs propres coreligionnaires.

[20] Un des successeurs du KGB, service secret dédié aux opérations extérieures.

[21] Croyants en langue russe.

— Qu'est-ce que Teddy a à voir avec tout ça ?

Bob se touche la barbe, me tape d'une Camel et l'allume. Le regard beaucoup plus vif, il continue son discours. Alors qu'il se lève pour fermer la fenêtre, la pièce se pâme de silence.

« Cette année-là, le KGB fermait officiellement ses portes, mais il mutait. Les agents travaillaient en mode sous-marin et leurs missions dépendaient de leur officier supérieur qui ne rendait pas forcément compte au Kremlin. Avec la débâcle des pays satellites et l'annonce de la fin de l'ère soviétique, beaucoup de Russes d'ascendance juive ont vu une opportunité de quitter l'URSS pour se rendre en Israël. Tu peux imaginer qu'avec le peu de capitaux encore présents dans le pays et avec les oligarques qui montaient au créneau, l'Ours a mis en place tout un système de défense et a vu dans cette fuite une opportunité de créer de nouveaux agents dormants, notamment en Israël. Tu vas me dire qu'à part le fait que Teddy faisait probablement partie du lot, ça ne t'intéresse pas vraiment. C'est vrai, et c'est faux à la fois. L'histoire qu'il t'a servie est vraie à bien des égards, en tout cas jusqu'à son recrutement par le Mossad. Les Russes ont profité de cette opération « croyants » pour recruter des agents très spéciaux, des as, qui ne seraient jamais au courant du vrai drapeau qu'ils étaient censés servir. Il t'a appâté avec Israël et le Mossad parce que c'était sa mission de te faire croire que tu bossais pour eux. »

Je n'en reviens pas de ce que Bob me raconte. Pourtant tout s'imbrique correctement. Dans son explication, rien n'est de trop, rien ne manque. On ne pourrait même pas glisser une feuille de papier à cigarette entre les interstices. Il continue, je l'interromps. « Ça veut dire quoi ? Qu'en fait j'aurais cru travailler pour le Mossad, mais en fin de compte, j'aurais servi le KGB ? C'est bien ça ? »

« Oui. Mon supérieur et moi, on n'a jamais vraiment su si on avait été détronchés. Longtemps après, je me suis encore demandé s'ils t'avaient percé à jour. Moshe Vidor était bien entendu, lui aussi, un officier du KGB. Il était l'OT[22] de Teddy. Moi, j'étais le tien, Teddy aussi. Tu as été l'inverse d'un agent double, Sacha. Un cas d'école. À ma connaissance, ce que nous avons fait ensemble est unique. Car nous sommes certains d'une chose, cette opération a été démontée quelques semaines après ta disparition. Jamais je ne t'ai posé de questions sur ce que tu as pu dire à mon sujet. Et je ne le ferai pas, je suis certain que tu as fait ça bien, que tu as dit ce qu'il fallait. Ni trop ni trop peu. Pas une fois, tu m'entends, pas une fois je n'ai douté de toi. Mais comprends moi, Fiston. Je ne pouvais pas te dire tout ça. Quand tu as rejoint la Maison, j'ai tout fait pour éviter que tu sois mêlé au Moyen-Orient et donc aux dossiers israéliens ! Mais si je t'avais affranchi sur Teddy, comment aurais-je pu être certain que tu n'aurais pas cherché à te venger ou même à savoir ? Que te serait-il resté comme choix ? Chez nous, tu le sais, la pierre angulaire c'est le terrorisme et les Russes. Et ce sera toujours comme

[22] Officier traitant.

ça. »

— Est-ce que je sais tout ce que je dois savoir ou tu me caches encore quelque chose ?

— Tu sais tout ce que tu dois savoir.

— Bob ! Tout ça, je l'entends bien et comprends tout à fait. Mais pourquoi ne m'avoir jamais rien dit ?

— Je ne sais pas, admet-il en baissant les yeux, le visage honteux.

Je crois que Bob a senti que, comme il y a vingt-sept ans, il est préférable pour moi de ne pas rester seul. Heureusement, alors que Bob, paternaliste, me quitte, Tam fait son entrée. Il est temps de nous aimer à nouveau.

∴

CHAPITRE IX
COMME UN OURAGAN

Je vous mentirais si je vous disais qu'*a posteriori* ce que Bob m'a raconté hier soir me paraît complet. Il y a comme un goût de trop peu dans la fable qu'il m'a servie. Attention, je n'insinue pas que Bob m'a menti, non ! Je suppute, à raison, qu'il a pris quelques raccourcis, qu'il a enjolivé un peu le tableau et grossièrement omis d'indiquer quelques éléments. Peut-être a-t-il simplement arrêté trop tôt sa narration ? Impossible d'en avoir le cœur net, pour l'heure. Bob n'est pas à côté de moi.

Si j'aime avoir le choix, si la promesse d'action me fait vibrer, je déteste toutefois être pris entre deux feux. Et là, ce sont trois marmites qui couvent. Dans le désordre, cela donne : le retour de Teddy, son appartenance avérée au KGB et pour finir l'opération Monaco. J'espère que la première de mes préoccupations n'est pas liée aux deux autres. Dans mon métier, le hasard n'existe que peu.

En route vers Bruxelles, les effluves de Tam encore plein les narines et le goût de son sexe encore dans la gorge, il est temps pour moi de rencontrer le Prélat, mon supérieur direct. Au volant de ma voiture que je viens de récupérer, mon cœur oscille entre l'envie de tout lui dire et celle de tout lui cacher. De toute façon, ce sera tout ou rien.

Sur ma gauche se profile l'ambassade de France, rue Ducale. Je continue ma route sur quelques mètres, tourne et me gare dans une rue adjacente. Je sors de la voiture, ouvre le coffre et passe mon impair de rechange, il est plus sombre. Comme tout bon espion, je n'emprunte pas l'entrée principale. Je passe par l'arrière, côté boulevard du Régent où une imposante plaque en laiton indique le consulat général de France. Une fois à l'intérieur du prestigieux bâtiment, après avoir subi les fouilles réglementaires, m'être annoncé et avoir montré mon blanc-seing, je me dirige discrètement vers l'arrière. Ensuite, je traverse le long jardin d'inspiration française, bien sûr, et marche le long des parterres sur les graviers jaunis. Je m'engouffre, côté rue Ducale, dans le premier bureau sur la gauche. Là, l'officier de sécurité m'interroge, renouvelle les questions déjà posées, vérifie sur son écran que je suis bien celui que je prétends être et, enfin, examine mon laissez-passer. J'ai beau avoir l'habitude de ce genre de manège, il y a toujours une pointe d'adrénaline qui me chatouille les glandes sudoripares quand je suis soumis à ces rituels. Il hoche la tête sans un mot, tout est en ordre. Direction le premier étage.

Xavier Durand, le Prélat, se tient debout dans le petit salon. Cet escogriffe grisonnant se déplace sans bruit. L'épaisseur de la laine du tapis lui offre le confort du silence et suffisamment de ressort pour amortir les pas écrasés de son quarante-sept fillette. De dos, on croirait voir Michel Constantin, mais lorsqu'il se retourne, son visage poupin tranche avec le corps aiguisé et ses bras trop longs. En parlant de bras, Xavier s'avance vers moi, les bras ouverts. La main droite plonge vers la mienne, le bras gauche vient recouvrir mon épaule droite qu'il tapote à plusieurs reprises, le sourire aux lèvres et l'œil curieux.

— Alors ? me demande-t-il. Ce Monaco.

— Rien de chez rien. Des heures à attendre, mais aucune manifestation.

— Même pas un contact indirect ?

— Non. Rien. Mais j'ai bien été pris en chasse. Par une équipe de chez nous. Un test.

— Ah. Oui. J'étais au courant, mais sans connaître la date exacte.

— Le gars n'était pas très bon.

— Oui. Oui. Bon. Mais Monaco, rien alors ?

— Rien de chez rien. On attend.

— Qu'est-ce qui était prévu ?

— Un spot sur une aire d'autoroute pour un premier contact.

— Il n'a pas détronché l'exercice, au moins ?

— Je ne crois pas. Mais vous parlez toujours de « lui ». C'est peut-être une femme.

— Ou d'elle. En effet, mais à ce poste, chez les Russes. J'ai du mal à y croire.

Xavier relève la mèche qui vient de lui barrer le front. Je le connais bien. Quand il fait ça, c'est qu'il est ravi. Pourtant, celui à qui l'on a donné le titre de Prélat ne montre pas souvent de signe de satisfaction. Éternel insatisfait, le patron du département Russie au sein de la Direction du renseignement est ce que l'on appelle un pisse-froid pour qui ne le connaît pas ou n'est pas directement sous ses ordres. Me concernant, je lui trouve un côté moderne habilement conjugué à un style vieille France.

— Alors, on continue ?

— Oui, on poursuit. Rien d'autre à signaler ? me demande-t-il en plissant le front.

— Non. Rien.

Que puis-je lui dire ? Qu'hier j'étais dans une ancienne planque Russie de la Maison dont le département Moyen-Orient se sert encore de temps à autre ? Que dans cet appartement, non seulement, il y avait une nourrice du département Asie, que j'ai baisée, d'ailleurs ? Mais en plus que son ancien patron qui m'a utilisé comme source presque trente ans plus tôt sans aucune autorisation, sans laisser de trace était lui aussi présent ? Tout ça pour appâter un agent du KGB qui se faisait passer par un recruteur du Mossad ? C'est ça ? Non. Je ne peux rien lui dire. Ma bouche est scellée à ce sujet, et ça ne date pas d'hier. Et puis, il y a Monaco. Bien entendu, je n'ai pas envie de tout foutre en l'air. D'abord parce que je bosse sur ce dossier à temps complet. Patriotiquement, je n'ai pas envie de voir la France se priver d'un transfuge de choix au sein même de l'appareil de renseignement russe. Accessoirement, Monaco nous a livré tellement de secrets, nous a permis d'être sur la balle bien souvent avant nos cousins américains, que pour ne pas le laisser tomber. Il aurait l'air de quoi cet espion si les Moscovites parvenaient à le garder ? Sa retraite ne serait pas longue ! Et si nous Français faisions défection, serait-il heureux sur une plage du Maryland ? Plus qu'à Monte-Carlo ?

Il est temps pour moi de vous en dire plus à son sujet. Tout s'accéléra un lundi d'hiver 2019, au retour des vacances de ski.

∴

— Lebel, je vous présente Gérard, notre nouveau directeur adjoint, dit le directeur du Renseignement en m'invitant à m'asseoir.

— Enchanté, je suis Sacha Lebel, répondis-je sans donner mes grade et affectation, histoire de ne pas vexer mon interlocuteur qui tenait, sous le bras, un classeur bleu contenant un jataka exhaustif de mes origines, exploits et traits de caractère.

— Un ancien commando marine, n'est-ce pas ? m'interrogea-t-il, l'œil brillant.

— Je confirme, Monsieur le Directeur Adjoint, répondis-je tout en comprenant que nous étions issus des mêmes eaux.

— Voilà qui me plaît, lança-t-il. D'autres marins dans la salle ?

Pour toute réponse, le directeur du Renseignement et Xavier Durand restèrent muets. Pour le *big boss*, je n'avais pas assez potassé sa biographie sur l'intranet maison, mais pour ce qui concernait Xavier, j'étais certain de son passé de hussard. Les dés étaient jetés, les présentations, bien que froides, faites, il leur restait à rentrer dans le vif du sujet.

C'était l'une des rares fois où Xavier m'avait convoqué à Mortier en urgence, de surcroît un dimanche soir. J'étais à peine rentré d'Autriche, où Maryse et moi avions passé nos premières vacances d'hiver ensemble, que mon téléphone avait sonné. « Bonjour. C'est Xavier. Une réunion se tient au siège demain, et la direction voudrait votre avis sur un partenariat en cours. » Mon espion de patron était toujours dans son rôle, bref et concis. Ma couverture, si nous étions écoutés, ne pouvait souffrir d'un manque de sécurité de sa part.

Voilà pourquoi je m'étais retrouvé en ce lundi midi à la caserne de Mortier, à l'étage où les pontes tiennent généralement concile. L'agent de terrain que j'étais – et que je suis encore d'ailleurs – n'était pas un abonné régulier des salles réservées au « management ». Quand je passe à Mortier, au nid, je fréquente beaucoup plus le réfectoire et les salles de sport que les coursives et les salons. C'est l'avantage d'avoir été formé à l'ancienne : on gravit peu, mais on dure.

Dans cette pièce sans fenêtre, j'avais un peu de mal à me repérer par rapport au reste du bâtiment. Qui plus est, j'avais l'impression d'être entre deux étages puisque nous avions arpenté un plan incliné recouvert de balatum et descendu cinq marches de vieux bois au détour d'un couloir, prenant ainsi la direction de l'aile située rue des Tourelles. Cette pièce cossue de onze places devait être un de ces lieux que même les plus zélés espions rêvent de connaître un jour. Ce n'était pas mon cas.

En bout de table, le directeur adjoint se rassit : « Appelez-moi Gérard, ce sera plus simple. » Ce à quoi le directeur du Renseignement – qui se prénommait lui aussi de la sorte – rétorqua : « Monsieur le Directeur Adjoint ayant le privilège de la fonction et donc du grade, appelez-moi exceptionnellement Lawrence[23], puisque c'est le surnom que mes hommes me donnent en mon absence. »

Il n'y avait pas à redire. Lawrence avait de la poigne et savait s'imposer du haut de son mètre soixante. Un petit sec comme on dit. Un nerveux. Le genre de type capable, passé soixante ans, d'encore sauter pieds joints sur un bureau réglementaire de l'armée française.

Une préposée entra dans la pièce. Une jeune femme à la croupe espiègle et aux cheveux de jais. C'était à croire que côté direction, on recrutait aussi sur photo. Dans un silence de mort, la demoiselle déposa un plateau garni de quatre tasses et d'une verseuse en argent, puis elle repartit, laissant encore flotter son sourire quelques instants dans la salle de réunion.

À cet étage de l'infrastructure, dans cette section en particulier, aucun étranger au Service ne mettait les pieds, pas même le ministre. Aux murs, point d'or de la République. Au sol, le tapis ne servait qu'à l'acoustique. Quant au mobilier, il était désuet, façon

[23] Grand spécialiste du monde arabe, blond, les yeux bleus, le directeur du Renseignement est surnommé Lawrence. C'est une allusion à Thomas Edward Lawrence.

seventies, tout en étant sobre et ravissant. Bref, l'endroit idéal pour tourner un James Bond avec son mélange de bois, de métal et de bakélite.

— Bien. Commençons, lança Gérard, le directeur adjoint.

— Voilà. Si nous vous recevons ici, en petit comité, Commandant, c'est avant tout parce que nous avons une mission importante à vous confier, me dit Lawrence en mettant l'accent sur mon grade.

— Ce que vous allez entendre, ici, Lebel, est classé Très Secret-Défense. Même le ministre n'a pas tous les détails de l'opération que nous menons, ajouta le directeur adjoint.

— En sus, pas de niveau « Cosmic », l'OTAN ne doit pas être au courant de ce que nous nous apprêtons à faire, enchérit Xavier à l'attention de tous.

— D'accord, confirmai-je. Bien pris, dis-je pour répondre en langage militaire.

Dans ce lieu clos, entre quelques oreilles habituées au secret, j'appris que Monaco, la propre source de l'un de mes agents, nom de code Tempête, avait ouvert un autre canal avec le Service et qu'il avait l'intention de faire défection. Un second canal ? C'était du jamais vu. Qui était assez cinglé pour multiplier les risques ? Depuis mon entrée au Service, je n'avais jamais vu ça ni même jamais entendu parler d'une manipulation comme celle-là.

.·.

Maryse a cette mâchoire un peu carrée qu'ont les filles flamandes. La poitrine opulente, bien que légère, rappelle aussi les mensurations bataves types. En revanche, ses hanches sont fines et sa peau accueille le soleil avec une certaine facilité, sans rougeurs. Ses pommettes saillantes, recouvertes d'éphélides, partagent sur la moitié du visage des lèvres pincées sur les bords, charnues en leur centre. Elles dévoilent parfois, quand elles sont sèches, deux dents écartées, celles de la chance, offrant alors une encore plus parfaite symétrie au milieu du visage. Le nez légèrement retroussé donne à ce joli minois l'impression de voir une autre femme lorsqu'on la regarde de face ou de profil. Les yeux sont bleus, si bleus qu'elle hésite à les montrer. De plus loin que je me souvienne, Maryse a toujours, été comme hiver, une paire de lunettes de soleil en diadème sur ses épais cheveux naturellement blonds.

Elle se tient devant moi, dans le lobby de l'hôtel *Conrad.* Je m'avance vers elle, je sens déjà son parfum qui plane. Dans ce tailleur sobre tête-de-Maure, elle est sublime.

— Bonjour, ma Chérie. Je t'avais dit de m'attendre au bar. Tu es là depuis longtemps ?

— Je viens d'arriver, me confie-t-elle alors que j'ai passé la main sur le capot de sa voiture au parking. Froid.

— Ah oui ?

— Et puis, tu sais bien. Je n'aime pas m'attabler seule, surtout ici. Il y a toujours des loulous pour rôder. Tu sais bien.

— Oui, tes fameux yeux bleus. J'ai succombé aussi.

— Tu exagères toujours, me dit-elle en me fixant du regard.

Pourtant, alors que nous nous dirigeons vers le bar, je lui donne raison sans le lui avouer. J'ai toujours tendance à amplifier les choses quand il s'agit de Maryse. Tous les superlatifs sont de la partie quand je suis avec elle. Même lors de nos disputes. Bien qu'elles n'aient pas été nombreuses sur les onze derniers mois, nous avons nos hauts et nos bas. Il y a mon métier, et il y a le sien. Comme interprète au Parlement européen, les occasions de faire monter la mayonnaise de la jalousie sont légion. Elle en profite parfois. Je pense qu'elle fait cela pour mesurer mon attachement. Comme elle le dit, mon historiette avec Sandrine, bien que révolue et résolue, n'y est pas étrangère.

Depuis le lancement de l'opération Monaco, je dois prendre des mesures particulières de sécurité. Toutefois, en accord avec Xavier, il me faut conserver ma vie sociale, supposée, de consultant dans l'informatique. L'apéro à l'hôtel *Conrad* fait partie de la panoplie.

À cette heure de la journée, peu avant vingt heures, le bar se remplit d'habitués. Ils arrivent peu après que les touristes se ruent vers les restaurants avoisinants ou sur les taxis poireautant davant le palace. On trouve de tout au *Loui Bar*. Dans cette atmosphère feutrée où le marron l'emporte, où le cuir coudoie le bois et les velours épais, chacun peut y trouver son bonheur. Il y a là des places assises dans lesquelles il est aisé de s'enfoncer. Des tables si basses que l'on doit presque poser le genou à terre pour y attraper quelques *antipasti*. Quelques tables carrées plus classiques sur lesquelles se vautrent les hommes d'affaires, et qui servent de tables cossues de réunion.

Des chefs d'entreprise, des vieux nobles désœuvrés, des moukères attendant leur amant enturbanné, des diplomates et sans doute quelques espions – en fait, au moins un, moi – le tableau est presque complet. Une ambiance jazzy survole les conversations ouatées, les bruits de verre et les sifflements de vapeur de la machine à café. Maryse et moi y sommes bien, assis dans un canapé, chacun adossé confortablement, le bras sur l'accoudoir. Ses chevilles frôlent mes mollets chaque fois qu'elle boit une gorgée de gin tonic.

— Je suis contente de te voir, tu sais ?

— Tu parles comme Charlie quand elle ne m'a pas vu depuis des semaines.

— En parlant de ta mère, tu penses me la présenter un jour ?

— Houlà !

— Onze mois quand même, mon chéri.

— On fait ça pour fêter nos « un an » ?

— D'accord, faudra faire vite, me dit-elle en clignant d'un œil.

— Allez, je l'appelle dès qu'on a fixé une date.

— C'est ça, rattrape-toi à la branche que tu as sciée.

— OK. Changeons de sujet. On mange un bout ? Dans le coin ?

— Ici ? Tu veux ?
— Pourquoi pas ?
— En haut ?
— En haut ? Quoi en haut ?
— J'ai pris une chambre.
— Ah bon. Mais pourquoi ?
— Aujourd'hui, ça fait onze mois et vingt-neuf jours que…

Je suis un goujat. Je le sais. Bien sûr que le moteur de sa Peugeot était froid tout à l'heure. Elle est arrivée bien avant moi. Elle a réservé une chambre, choisi un menu, les boissons aussi sans doute, perfectionniste comme elle l'est. Elle a eu le temps de prendre possession des lieux, de déposer ses effets personnels aussi. Je parie qu'elle est même passée chez moi pour récupérer brosse à dents et autres effets. Et moi, comme le dernier des rustres, j'ai tout simplement oublié que nos douze mois sonnent à la porte.

∴

Et me voilà donc à nouveau à Mortier, moi qui déteste cette ambiance de couvent. Surtout après cette nuit avec Maryse. Surtout quand je suis appelé en urgence, à nouveau. Cela devient une habitude. Lawrence me précède dans le dédale des couloirs. De nouveau, le balatum, le plan incliné et les petites marches en bois qui mènent au Saint des Saints. Toutefois, nous tournons juste à gauche avant la salle de réunion où nous avons tenu conciliabule quelques semaines plus tôt, quelques semaines aussi avant que je n'apprenne le retour de Teddy. Enfin le bureau personnel de Lawrence. Je salue la vieille secrétaire que je ne connais pas, mais qui semble savoir tout de moi. Il ferme la porte sur un clin d'œil qu'il lui laisse, évocateur de je ne sais quoi. Avant de s'asseoir derrière l'austère bureau, et avant de m'inviter à me mettre face à lui, il longe les murs sur lesquels un tas de souvenirs, de témoignages de sympathie et de remerciements sont accrochés : photos, blasons, fanions, lettres de créance et pennons. Les décorations, honorifiques et pour fait de guerre, sont quant à elles disposées soigneusement, religieusement, dans les étagères qu'un vieux drapeau français, en toile de fond, encense et protège.

— Comment va ce vieux Bob ? me demande-t-il familièrement.

— Je crois qu'il va bien, Monsieur le Directeur.

— Allons, allons, Sacha. Appelez-moi Gérard. Nous sommes seuls. Et puis, ça nous rappellera le bon vieux temps. Celui où vous étiez le jeune et très prometteur clandestin de Bob.

Très bien, Gérard. Mais je croyais que cette époque ne devait jamais être évoquée, surtout pas en ces murs ?

— Où le seraient-ils ? Et puis, dites donc, vous ! Mon bureau est plus sécurisé que celui du président de la République lui-même.

— J'en conviens, Gérard.

Je sens se consumer en lui comme une envie d'en savoir plus. Je reste sur mes gardes. Quelque chose me dit que Monaco est peut-être en relation avec

Teddy. Est-il encore actif ? Est-il un des fauves lancés à la poursuite de Monaco ? Qu'en sais-je ?

— Vous avez toujours été doué avec nos amis les Russes, Sacha.

— Merci, Gérard. J'ai beaucoup travaillé, durant des années, au détriment de beaucoup d'autres choses, même personnelles. Peut-être que mon prénom facilite la chose, aussi.

— Je sais, je sais. J'avais dit à Bob que vous seriez efficace dans ce domaine, en particulier dans le recrutement. Tout ça, à cause de votre ancienne affaire en Israël, me sort-il alors qu'une moiteur dérangeante s'installe sur mes mains et ma nuque.

— Vous voulez dire que parce que j'ai été recruté par eux, sous faux pavillon, je les connais mieux ?

— Indéniablement ! Un bébé kangourou élevé par une femelle dingo appréhendera toujours avec plus d'aisance un comportement canin que celui d'un sujet de sa propre race. Au passage, je vois que Bob vous a affranchi. Il était grand temps.

Au moins maintenant les choses sont claires. Pourtant, je trouve son entrée en matière étonnante et sa comparaison animalière assez étrange. Je me demande si je dois y voir un lien entre les animaux choisis et notre situation. Je me questionne. A-t-il, suite à un empêchement insomniaque, regardé un épisode de *Chasse et Pêche* la nuit passée ? J'en suis quitte pour des supputations. Peut-être est-ce l'effet recherché, le fameux « pingouin sur la banquise[24] ».

[24] Avouez que la dernière image formée dans votre cerveau est un pingouin sur une banquise.

— Monaco est un atout dont nous ne pouvons pas nous passer, Sacha.

— Je comprends, Gérard. Je ferai tout ce qui est en mon pouvoir pour le ramener en France, au rythme imposé et sans dégâts.

— Oui, je sais. Cette question du rythme m'inquiète aussi. Cela me laisser à penser qu'il se sait surveillé.

— Il ou elle !

— Non, il. Peu de femmes ont accès aux informations qui constituent la monnaie d'échange.

— Peut-être. Mais je ne comprends toujours pas pourquoi il a ouvert un second canal. Il est déjà en main avec Tempête qui est loin d'être le pire de mes agents.

— Il veut être sûr de passer. C'est tout. Il cherche un back-up et veut peut-être nous faire comprendre que nous aussi nous avons des taupes ou pire.

— Et que demande-t-il pour passer chez nous ?

Au briefing précédent, il n'avait pas été question de contrepartie. Cependant, j'imagine qu'une retraite anticipée et assurément longue aux frais de Marianne est un juste retour.

— De l'argent, un lieu sécurisé. Rien d'anormal. Le tout contre deux années de sa vie pour nous aider à fortifier notre réseau russe.

— Deux ans contre l'éternité sur la Riviera ?

— Quelque chose comme ça.

— Comment est-il venu à vous ? Je veux dire, vers le deuxième canal ?

Et bravant toutes les procédures liées à la hiérarchie de notre si délicate et discrète Maison, Gérard, en sa qualité de directeur du Renseignement, trois échelons au-dessus de moi, me fait le plus beau topo que l'on puisse faire à un agent de terrain avant la mission de sa vie. L'ancien patron direct de Bob surpasse mon maître.

Il me narre alors, comme un roman radiophonique, le périple effectué par l'annonce de la défection de Monaco. En sus de travailler avec Tempête, il a ciblé la France pour la fin de ses jours, c'est une évidence. Gérard espère de toutes ses forces qu'il s'agit d'une exclusivité. À ce stade, il n'y a aucune raison de croire que Monaco mise sur plusieurs chevaux.

Moi qui vis dans la peau d'un clandestin depuis si longtemps, je comprends pourquoi. Multiplier les options décuple, à coup sûr, les possibilités de fuites et les axes de chasse. Ainsi, en pariant sur la patrie de Voltaire, Monaco s'assure d'un coup à une chance sur deux. Sauf si sa première manche se déroule face à un agent double. Cela me laisse à penser qu'il connaît les agents, y compris les doubles, ainsi que tous les atouts installés dans les différents ministères de notre belle République qui, elle aussi, souffre de pénétration étrangère. Sans doute est-ce l'un des objets du commerce qu'il entame avec nous.

À Berlin, nos services sont très présents. Comme tous les Services du monde, nous espionnons nos amis, mais avec réserve. Parmi nos alliés, nous privilégions la coopération via un service auparavant nommé SEREX. Nos habitudes ayant la dent dure, nous l'appelons encore comme cela. L'actuelle République fédérale d'Allemagne n'échappe pas à la règle des relations amicales. Ce partenaire de choix est, à ce jour, l'ami de la France à bien des égards.

Bref, Monaco a tamponné un de nos attachés de défense à l'ambassade de France. Pour cela, il a brillé d'ingéniosité. Comme il désire tenir son identité la plus secrète possible et durant très longtemps, il a eu recours à une bonne vieille méthode. Heureusement, notre attaché de défense est un vieux briscard.

∴

Depuis cette dernière réunion, tous mes déplacements ont eu pour but de masquer mon unique job : ramener Monaco, au chaud chez nous. Même dans le Service, personne ne connaît ce qui est devenu mon obsession. Même les agents qui dépendent de moi n'en savent rien, et surtout pas Tempête. Lui continue à gérer les contacts réguliers à Berlin avec Monaco. Bien sûr, Monaco n'a rien laissé paraître. Avec Xavier, mon Prélat, nous passons un temps de dingue à brouiller les pistes. Bien sûr, nous ne faisons pas n'importe quoi. En tout cas pas moi. Conscient de l'intérêt de la nation et de l'argent public qui finance nos opérations, tout ce que nous faisons permet à d'autres équipes de grailler des informations mâchées, digérées et recoupées. Au passage, je surveille la concurrence russe élargie dans les métiers des nouvelles technologies.

Le plus difficile toutefois réside dans le fait de ne pas trop me griller auprès de Monaco. Depuis sa demande parallèle, nous avons eu le temps de vérifier ses intentions. La première question a bien sûr été celle de sa loyauté. Comment faire confiance à quelqu'un qui fait défection ? C'est l'éternelle question que se pose l'amant qui récupère dans sa besace la femme du mari trompé ! Sera-t-elle loyale, enfin ? Rien n'est moins sûr. C'est ça, le pari du recrutement dans le Renseignement. À la seule différence près que Monaco n'est pas une source comme une autre, et qu'après l'avoir conforté et manipulé au sein de l'appareil russe, il nous faut l'exfiltrer pour services rendus et service à rendre.

Dans ce contexte, impossible de me griller auprès de Monaco. Je ne sais pas qui il est, et il ne sait pas qui je suis. Son seul contact est Tempête avec qui il n'a jamais eu de contact physique direct.

C'est à tout cela que je pense en quittant ma chambre où les affaires personnelles de Maryse s'amoncellent. Je la laisse derrière moi, encore humide de notre dernière étreinte alors que, de mon côté, sur ma nuque coulent encore quelques gouttes d'eau de douche oubliées. C'est toujours la même histoire à chaque fois que je me réveille : il ne m'a pas fallu longtemps pour me remettre en mode Monaco. À peine quelques minutes. Comme dans la chanson, *je relève mon col.* Ces derniers mois ont été riches en émotions.

La date fatidique approche. Si tout se passe bien, Monaco sera en France cet été. En attendant son prochain signe, il me faut patienter.

Ma couverture bruxelloise n'est pas nouvelle. Ma

« fausse » société de consulting a eu l'occasion de changer plusieurs fois de bureaux durant ces dix dernières années. Quand je dis fausse société, il ne faut pas y avoir une simple couverture, non. C'est une façade derrière laquelle un autre monde surgit, mais en apparence, tous les six, nous sommes de véritables consultants en informatique durant la journée.

Le soir, mes quatre collègues travaillent sur leur terrain de prédilection. Anthony et Sophie œuvrent au sein des institutions européennes la journée ; le soir, ils chassent les fonctionnaires français trop russophiles. Quentin, le taciturne, fait de la programmation dans une banque durant les heures de bureau ; en soirée, il pirate pour le compte de la Direction technique. Il prépare des ordinateurs « discrets » pour certains diplomates ou agents qui partent dans des zones à risques ; enfin, je crois. Quant à Marc, que l'on surnomme Max parce qu'il se dit *libre*, il gravite autour des questions de sûreté nucléaire ; en mode nocturne, il œuvre dans le contexte de la non-prolifération.

Irya, notre entreprise, est immatriculée, en règle administrativement et reconnue sur la place bruxelloise. Simon se charge des recrutements, il place des consultants au gré des appels d'offres sur des dossiers intéressants pour la DGSE, il me reste alors à jouer à l'officier recruteur avant de mettre mes atouts dans les mains d'officiers traitants situés à Paris. Notre affaire est bien rodée. Nous plaçons des consultants qui sont en fait nos sources.

Mon bureau est le plus modeste. Les autres ont une vue sur le Cinquantenaire ou sur l'artère Montgomery. Quant à moi, j'ai opté pour un bureau sans vitre. Oui, je sais, c'est moche, mais c'était, selon la Direction technique, la seule pièce en mesure d'être protégée contre les rayonnements, les dispositifs d'écoute et les micros en tout genre.

À neuf heures, même la kitchenette qui nous sert de point de ralliement est vide, seule une odeur de café flotte parce que je viens de tirer le premier expresso de la journée.

Comme à chaque fois que je ne suis pas en déplacement, je prépare une série d'emails à l'avance que je stocke. Pour la galerie, je n'ai que deux clients : Orano, l'ancienne Areva, et Airbus. Ces deux sociétés jouent le jeu de la couverture, en échange de quoi elles reçoivent l'aide de la Maison pour se protéger contre les ingérences économiques étrangères. Nous supportons aussi leurs opérations offensives et leurs coups commerciaux audacieux.

Il est dix heures trente, j'en ai fini avec mes faux courriers. Le SVR ou le GRU[25] peuvent toujours creuser à mon sujet. Je suis blanc comme une neige courchevelloise de novembre. Ma porte est restée fermée, personne ne m'a dérangé. Il est temps de saluer la compagnie et de boire un café avec l'un ou l'autre, mais l'arrivée d'un message me retient dans le

---

[25] Service secret russe attaché à la Défense. Contrairement au KGB qui a donné naissance au SVR (service extérieur) et au FSB (service intérieur à la Fédération), le GRU est l'équivalent de la DGSE. Comme son homologue français, le GRU développe des capacités opérationnelles importantes puisqu'il dispose d'une direction Forces spéciales chargées de mener les opérations armées.

ressui que j'occupe.

BIS, puisque resté sans réponse : tu attaques fort, là, non ? Presque trente ans, c'est une paye, une peine même. Parlons-en autour d'un verre. Je suis en Belgique pour quelques semaines encore (ça diminue de jour en jour), il paraît que toi aussi tu y es. (re) Amitiés (re) sincères. (re) Teddy.

∴

CHAPITRE X
QUI DE NOUS DEUX ASPIRE L'AUTRE ?

Géraldine ! Tiens, je l'avais oubliée celle-là. La rousse du train, le Stephen King à la main. Puis le parking et tout le toutim. J'imagine que ce qu'elle a écrit est bien la réalité. Pourquoi mentirait-elle ? Elle n'a aucune raison de le faire puisqu'elle était l'appât. Je tiens cette page fraîchement imprimée sur un papier facilement destructible, notre *papier maison.* Comme je ne dispose pas de tout le temps nécessaire, je fonce à la fin du rapport. Je me ravise.

Curieux, je parcours quand même rapidement les différents titres du document ainsi que les appréciations. Je revois la belle Géraldine enfoncée dans le fauteuil de l'ICE3 qui file à grande vitesse, la jupe fuselée, les cheveux roux et les lunettes un peu trop grandes qu'elle a sur le nez. Je ferme les yeux un instant de plus. Je cherche à me rappeler l'odeur de son parfum. Mais comme toujours, je fais chou blanc sur la mémoire olfactive. Je suis par contre certain que si un jour, à Mortier, au détour d'un couloir, cette odeur m'atteint le nez, je la retrouverai tel un ratier lancé dans un terrier.

La conclusion est dithyrambique. Le fonctionnaire 99012856-74 écrit : « Le personnel évalué a rapidement détecté l'exercice et s'y est prêté comme s'il s'agissait là d'une opération réelle ; ce dernier a mené une approche impeccable et un démontage efficace de la mission. » Fin de citation. En revanche, et c'est une première pour moi, Gégé demande que j'évalue moi-même son complice.

Ce genre d'exercice « au hasard » est régulièrement effectué auprès d'agents comme moi. Les officiers traitants et les recruteurs étant sans cesse sur la brèche, le Service les évalue aléatoirement et toujours sur un territoire étranger. Il arrive parfois qu'en mission, on puisse être tiré au sort et subir le même sort que celui que j'ai subi dès mon arrivée sur le quai numéro neuf de la gare de Hanovre. Sur le coup, je me demande quand même si les deux jeunes Israéliens… mais non, impossible. Trop risqué.

Soit. Je suis content d'avoir réussi ce test, et je trouve dommage de n'avoir que le numéro de matricule de Géraldine. Toutefois, j'ai de la ressource. Et je remets à plus tard l'évaluation de Grichka, le pauvre. Bien entendu, j'aurais pu ne pas me prêter au jeu, j'aurais pu mettre fin à l'exercice en prononçant une phrase magique, surtout dans la perspective d'une première rencontre avec Monaco. Mais à quoi bon. Je suis joueur.

Le cachet de Xavier fait foi sur le document. Cet envoi est donc une pure formalité, une sorte de félicitations déguisées de la part de ce hussard pudique très perché sur les bonnes manières. En tout cas, je suis plus que dans la course. J'espère simplement ne pas avoir de promotion, j'aime trop le terrain.

Les heures ont passé. J'ai lézardé sur quelques

papiers et analyses. Mais pour tout vous dire, j'ai surtout bossé sur la réponse à apporter à Teddy. C'est vrai que ce retour de l'ami prodigue me plaît tout en me préoccupant. Il est clair aussi que je ne peux pas éluder, à l'aune des confidences de Bob, le fait que tout cela soit en lien avec l'affaire Monaco.

Un peu plus tôt dans l'après-midi, alors que je fumais une cigarette sur la terrasse de l'immeuble où se situe le siège d'Irya, j'ai écrasé ma cigarette à peine allumée et suis revenu m'asseoir à mon bureau. J'ai saisi une feuille vierge dans l'imprimante spéciale – celle qui contient le papier facilement destructible – et un stylo. Au milieu de la page, j'ai noté « Teddy ». De là, j'ai fait partir plusieurs branches vers les coins de la feuille disposée au format paysage. J'ai inscrit *en lettres capitales* en dessous de son prénom : « hypothèses de retour ». Après dix minutes, et une quinzaine de possibilités, j'en ai souligné deux. Ce sont ces deux bulles entourées de marques de stylo rouge que je fixe à présent. Teddy est Monaco. Teddy chasse Monaco. C'est maintenant. Là tout de suite. Il faut prendre la décision. Coûte que coûte. Qu'il soit celui que je dois mettre en sécurité après m'être assuré que les informations qu'il a à vendre sont justes, ou qu'il soit celui chargé de me ravir la source que nous attendons comme le Messie. *Time flies.*

∴

Ce que personne n'a prévu au sein de l'opération Monaco c'est le silence de l'intéressé. Depuis plus d'une semaine, il n'a plus donné aucune nouvelle.

Silence radio. Flou total. Quant au Prélat, au dirlo et à Gérard, ils sont sur des charbons ardents. Moi aussi, bien sûr, mais je ne le montre pas, c'est une question d'habitude ou d'attitude. Soit notre ami russe, semble vouloir jouer avec nos nerfs. Soit ses collègues s'occupent des siens, à vif. Sept jours, c'est long.

La journée, au siège d'Irya, je gamberge et vaque aux occupations de ma couverture. Tiens, aujourd'hui, par exemple, j'ai contresigné un tas de feuilles de temps de nos consultants officiels et officieux. Puis, à midi, je suis allé marcher tout en téléphonant à Maryse qui me tanne avec son obsession de rencontrer Charlie. Je n'ai jamais vu une vache faire tant de simagrées pour aller à l'abattoir. Bref, j'ai cédé.

À peine le SMS envoyé, voici la réponse de Charlie qui valide sa venue à Bruxelles prochainement. Car non contente de me retrouver enfin et de rencontrer Maryse dont j'ai déjà évoqué l'existence succinctement, mais à plusieurs reprises, elle veut voir notre chez-nous. Il me reste donc trois semaines pour : demander à Maryse de s'installer chez moi, la laisser découvrir l'environnement, lui indiquer ce qu'il faut faire et ne pas faire tout en pensant à meubler le lieu avec des souvenirs que nous n'avons pas encore. Moi qui pensais qu'après l'opération Monaco je pourrais me reposer.

L'après-midi, retour au bureau jusqu'à maintenant. Un peu de paperasse, quelques coups de fil, et puis tout le monde quitte le bureau. Dans ma tanière, je profite de l'obscurité pour me reposer les yeux. Je viens d'éteindre la petite lampe Ikea. Plus un bruit. Cette ambiance commence à me peser.

Durant les huit dernières semaines, Monaco a fait montre d'une régularité sans faille. Un contact tous les deux jours, sur des canaux différents. SMS, message Facebook, photo de paysage sur Instagram et encore un tas d'autres petites choses qui nous permettaient, jusque-là, de nous rassurer. Je me demande pourquoi il ne nous contacte pas. Toujours cette même interrogation : est-ce volontaire ou pas ? Sur l'attitude à tenir, les huiles ne savent plus quoi faire. Ils paniquent et s'adaptent mal au temps qui passe. Pour ma part, j'ai décidé de me mettre en tête que pour Monaco, il est déjà trop tard. Je cogite, j'écris mes humeurs, j'ai l'impression de tenir un journal comme une fillette qui vient de rentrer au collège. J'ai du mal à abdiquer devant le manque d'action.

∴

La nuit a été éprouvante. J'ai rêvé de Teddy. Il était torturé devant moi par une équipe cagoulée aux biceps énormes pleins de tatouages mafieux russophiles et orthodoxes. J'étais présent, spectateur impuissant, et une envie de le voir souffrir montait en moi au fur et à mesure qu'il suppliait d'arrêter ça. Je me suis réveillé en nage.

Le café fort que m'a servi Maryse m'aide à récupérer. Elle me sourit. Cela fait trois jours qu'elle dort chez moi, je veux dire chez nous. Près de deux semaines maintenant que l'affaire Monaco sent le sapin. Un briefing est prévu à Paris. J'y vais, mais avec les pieds de plomb de circonstances. Avant mon départ, Maryse m'affirme qu'elle m'aime et qu'elle se fout pas mal de mon historiette, comme elle dit, avec Sandrine. Je referme la porte de l'appartement et une fois dans ma bagnole, je m'effondre. Je suis crevé. Rien ne va plus. Teddy a toutes les réponses, j'en suis maintenant convaincu. C'est lui la clef, de tout.

C'est après le péage que je m'arrête à la première station autoroutière. Il y a là des camions, un tas de bagnoles autour de moi et des gens qui vont et qui viennent. Assis derrière le volant, je regarde ma montre. Je suis dans les temps pour arriver à Mortier. Je prends une inspiration profonde et me dis que de toute façon, ce ne sont pas cinq minutes de retard qui détérioreront le sort de Monaco que je sais déjà scellé.

Demain soir, Centre de Mons. Face au Singe. Zone piétonne aujourd'hui, gare-toi rue de Nimy, derrière l'ancienne poste il y a toujours de la place. On trouvera bien un bistro pour « vieux combattants »… Amitiés. Sacha.

Je sélectionne l'entièreté du message, le copie puis l'efface. Non, mais il croit quoi, qu'il peut pénétrer mes rêves et venir me cueillir dans la réalité ? Il est temps de reprendre la route.

Cette fichue autoroute est sans doute celle que je déteste le plus au monde. Lorsque Charlie et Stan sont venus s'installer temporairement dans le Nord, nous l'empruntions pour retourner à Orléans. Pourtant, j'aimais Orléans, mais je détestais cette première partie de la route. Je l'exécrais tellement qu'il m'est arrivé souvent de prendre le train pour rentrer chez nous, notre véritable chez-nous. Soit. Ici, c'est l'appel de Mortier qui me rend gris. D'ailleurs, je suis occupé à me demander si ce n'est pas tout simplement Paris que je déteste. Paris et sa suffisance, Paris et cette supériorité qu'elle croit avoir sur la Province. La France n'est pas Paris, mais Paris c'est bien la France, alors je pose mon doigt sur la couture de mon pantalon et je fais bonne mine. Je sers le drapeau, dans sa totalité, avec ses forces et ses faiblesses, avec ses Gaulois, ses Arabes, ses Noirs, tous les autres et même les Corses.

Enfin dans le bureau de Gérard. Cinq minutes de retard, pas une de plus. C'est la toute première fois que je le vois radieux. Même sur les affiches électorales qui datent des années 1980, alors qu'il briguait un poste de conseiller municipal dans un bled nivernais, il n'avait pas réussi à sourire autant. L'équipe technique et moi nous sommes bien marrés quand nous avons pris la température du passé de notre futur patron. Entre nous, c'était plutôt du passif que du passé. Le Prélat sautille comme une vestale qui fait son entrée au Bal des débutantes, la culotte trempée, la sueur sous le fard à joues. Dans l'immense bureau, personne d'autre.

— Asseyez-vous, Lebel. Nous avons de bonnes nouvelles, soutient Gérard.

— Ah ! Vous m'en voyez ravi.

— Monaco a pris contact. Et nous savons désormais qui il est.

— Des détails ?

— Non. Pas pour le moment. Tout ce que je peux vous dire c'est que d'ici une quinzaine, tout au plus, vous le pouponnerez dans l'un de nos sas.

— Moi ?

— Oui. Nous vous chargeons du débrief.

— Mais enfin. Et pour la livraison et le transfert ?

— Vous restez en retrait.

— Mais ?

— Pas de mais, Lebel. Ce sont mes ordres, assène-t-il en insistant lourdement sur le « mes ».

Intérieurement, je peste. Et ce grand escogriffe de Prélat qui ne pipe mot. C'en est trop. Après tout, Monaco est dans mon giron, non ?

— C'est un de mes gars qui l'a levé. Pourquoi nous retirer du jeu, maintenant ?

— Ne vivez pas ça comme si nous vous mettions sur le banc de touche !

— Et pourtant. C'en a tout l'air. L'odeur et le goût.

— Écoutez. Monaco vous a toujours été fidèle, non ? Il a fait confiance à votre équipe, à votre agent, donc à vous aussi. Il est donc tout à fait normal que vous ayez la primeur de son débriefing.

— D'accord, mais quand même. Nous devrions participer à la récupération. J'insiste.

— Sacha. Écoutez Gérard ! Il a raison. Si Monaco avait voulu être sorti par son officier traitant, il l'aurait fait savoir. De plus, nous enquêtons sur votre agent.

— Sur Tempête ?

— Oui.

Et là, ils me servent une litanie digne d'un mauvais roman d'espionnage. Comme quoi Monaco avait certainement des doutes sur Tempête et peut-être même sur sa direction, donc moi. Mais eux n'en sont pas là. Loin de là.

— Mais ne vous en faites pas, Lebel. L'enquête vous concernant a été rondement et rapidement menée et vous êtes toujours dans la course.

— Et pour Tempête ?

— Nous verrons ça plus tard.

Je me fais raccompagner comme un bon petit capitaine bien aux ordres de ce trou du cul qui n'a jamais connu comme terrain que les ors de Bercy ou les lambris du Mindef[26].

∴

Mon état d'esprit est encore pire qu'à l'aller. Cette autoroute me file la gerbe, alors je m'arrête au même endroit, mais dans l'autre sens. C'est toujours la cohue au restoroute. À croire que tout le monde y passe, on dirait un péage.

Un mauvais café en main, la clope au bec, j'arpente sous une fine pluie les traverses où se rangent les camions. Avec ma veste Barbour, mon jeans et mon pull à col roulé, je me demande pour qui me prennent tous ces gens qui m'auscultent de biais. Il y a ces chauffeurs, ce type bizarre en imper qui semble apprendre les plaques minéralogiques par cœur et encore ces deux gonzesses attifées comme des Messaline à l'affût du moindre bifton de 50

---

[26] Ministère de la Défense, maintenant ministère des Armées.

balles.

Quand même ! Monaco qui nous tamponne. Monaco qui se tait durant des jours et des jours. Puis Monaco qui fixe la date, le lieu et l'heure de son débarquement de notre côté. C'est du jamais vu. À croire qu'il fait tout pour nous faire avaler qu'il n'est pas en opération. Mais que ferais-je moi ? Voilà l'idiote question que me pose mon cerveau. Eh bien d'abord, moi je ne quitterais pas mon pays et je ne passerais pas à l'ennemi si l'envie de déserter le navire du secret me taraudait. Impossible donc pour moi de me mettre à la place de Monaco. Par contre, à la place de Gérard, ça, c'est dans mes cordes. Ma mise sur le côté forcée rime avec politique et lauriers. Sans doute cherche-t-il à récompenser un de ses petits capitaines. Un de ces gars du contre-espionnage, peut-être ?

L'idée que l'on puisse penser que Tempête est une planche pourrie me rebute aussi. Et si je dois admettre qu'il est normal dans ce cadre de mener une enquête sur lui, sur nous, je dois aussi accepter le fait que la manœuvre de Monaco est habile. À condition qu'il s'agisse bien de Monaco. Car si un autre agent se fait passer pour lui, la manipulation est encore plus forte. Écarter Tempête, c'est éliminer à la fois le risque de se faire détroncher trop vite et celui d'avoir tout le contre-espionnage en alerte, alors bien trop occupé à chercher une éventuelle taupe dans ses rangs. Et Gérard qui sans le savoir joue ce jeu.

La pluie cesse, un rayon de soleil éclaire ce bout

de parking où je viens de jeter mon gobelet et mon deuxième mégot. Je file dans la voiture. J'y entre, saisis mon téléphone et colle sous le dernier message de Teddy celui que j'avais effacé dans la matinée. Je le corrige. *Ce jeudi, centre de Mons. Face au Singe. Zone piétonne aujourd'hui, gare-toi rue de Nimy, derrière l'ancienne poste il y a toujours de la place. Entre 20 et 20 h 30. On trouvera un bien un bistro pour « vieux combattants »... Amitiés. Sacha.*

∴

Les trois derniers jours, je les ai passés dans mon bureau bruxellois. Sans lumière, téléphones éteints. Mis à part quelques sorties dans le parc d'en face pour prendre l'air et fumer des cigarettes, je suis resté assis. Le scénario du débriefing de Monaco est prêt comme me l'a demandé le Prélat. J'en ai profité pour en préparer trois. L'officiel. Celui qui me servira si Monaco est Teddy, comme je ne l'exclus pas. Et celui de Teddy pour ce soir. S'il ne vient pas, cela me confirmera qu'il est bien Monaco. Dans ce cas-là, ce sera rendez-vous dans quelques jours ou jamais. À moins qu'un soir, alors que Monaco et moi serons en pleine dégustation d'un verre de calva, deux ou trois tueurs du Kremlin entrent dans notre refuge et nous flinguent. Juste avant un type retirera sa cagoule, m'appellera Sacha et m'enverra rejoindre Stan pour l'éternité. Pourquoi pas ? Ce serait une fin de roman potable.

Entre-temps, je viens de rentrer à l'appartement, Maryse joue à la femme au foyer pendant que je savoure un bain chaud. Teddy n'a pas répondu à mon message, mais je sais qu'il l'a lu. Je visite son profil Facebook toujours aussi éthéré. Rien de plus que la première fois dans le train. Je suis certain qu'il sera là.

Je me change. Je passe un jeans sombre, un pull noir que je précède d'un polo à manches longues et enfile mes Pataugas bleu nuit. Devant le tiroir caché de ma commode, j'hésite. S'il m'est arrivé de porter une arme en Ukraine, au Qatar et à Londres alors que je surveillais de dangereux oligarques, jamais sur le territoire européen je ne suis sorti de chez moi armé. Qui plus est, je ne suis pas en mission officielle. Ce que j'appelle maintenant le dossier Lichtman est une affaire privée, toutefois je l'espère.

Plusieurs choix s'offrent à moi à la sortie de Bruxelles. Pour aller à Mons, j'opte pour l'autoroute d'abord. Je suis l'A7 tout le long, mais au dernier moment, un souvenir me revient. Celui d'une autre histoire, celui de la planque que Bob et moi avons utilisé durant toute l'opération Teddy. Une petite maison dans les bois qui coudoie un home pour enfants abandonnés. Une ancienne planque du SAC réquisitionnée pour usage personnel par Bob dans les années 1980. La maisonnette est située à Havré. J'ai un peu de temps, je prends la sortie adéquate, donc deux sorties avant celle pour Mons-centre.

De la petite villa, il ne reste plus rien. Je vois mal parce que les phares de ma voiture ne parviennent pas à dépasser la végétation dense qui a pris le pas sur tout, même à pleine puissance. Tout le complexe a l'air abandonné. Naturellement, je sors de la voiture et allume… tiens, une Camel. Sans m'en rendre compte, j'en ai acheté un paquet à la station-service quelques kilomètres avant. Un mal de tête se saisit de moi, je pense trop. Je ne me suis pas suffisamment préparé, je n'ai pas fait l'inventaire des possibles et n'ai pas visualisé toutes les options. Je sais déjà que ça ne tournera pas comme je le prévois. Tout, absolument tout dans cette journée m'a confirmé cela.

Il est maintenant vingt heures. C'est vrai que je n'ai pas préparé grand-chose, mais juste avant d'envoyer mon SMS de confirmation, je me suis rendu sur Google pour vérifier la faisabilité de mon plan. Quand je m'adonne à ce genre de choses, je pense au temps gagné avec les nouvelles technologies. Dans les années 1990, il m'aurait fallu me rendre sur place, prendre des photos, réaliser des métrés discrètement, faire développer les épreuves, les étaler, puis comparer, calculer, mesurer et enfin décider. Moralité : coût de l'opération élevé et que de temps perdu. Mais nous sommes presque trente ans plus tard, et Google est mon ami.

∴

Le barman n'a pas trop rechigné. Un jeune gars monté sur deux échasses avec une barbe éparse et une paire de lunettes métalliques du genre *offert par la Sécurité sociale*. Finalement, contre un pourliche de cent euros, il m'a laissé monter à l'étage là où sont stockés quelques *brols* et où se déroulent des réunions du Comité de fêtes ou du Lions Club local. Ça tombe bien, le jeudi personne n'occupe les lieux.

Dès son départ, j'ai éteint la lumière et me suis précipité sur les appliques et luminaires présents dans la pièce pour dévisser toutes les ampoules. Je monte sur un tabouret bancal et joue à l'équilibriste, c'est comme ça que je me rappelle que je suis armé, parce que mon automatique pèse sur mon côté droit dans son holster que je porte sur la hanche. Nuit sombre, le bruit d'un frigo me joue une mélodie agaçante, au-dehors les bruits sont normaux. Ce sont ceux d'un centre-ville piéton où l'on entend ceux qui crient trop fort, les notes du carillon et le fond sonore des terrasses. Plus bas, j'entends les bruits sourds du bistro : des verres que l'on manie, une commande que l'on interjette, la porte des toilettes qui claque et *un moody blues qui chante la nuit.*

Dans cette immense pièce, j'ai l'impression de rejouer une scène de *L'espion qui venait du froid.* Pourtant, je n'attends pas un transfuge, non ! Moi j'attends un traître, un ancien ami, un officier traitant, un *case officer* comme disent les Anglais. Au-dessus de ce bistro, plongé dans cette pénombre, je suis à ça de solder près de trente ans d'attente. Encore faut-il que Teddy se pointe. Derrière la fenêtre en simple vitrage, les mains posées sur le châssis, je scrute le *spot.* D'ici, j'ai une vue imprenable sur la statue du petit singe. C'est l'endroit idéal. Les touristes comme les Montois s'y pressent pour caresser la tête du petit animal métallique. Il paraît que ça porte bonheur. Teddy n'aura qu'à le toucher à plusieurs reprises. Il faudra bien ça.

Déjà dix minutes que je poireaute. Je finis de

siffler la bière que j'ai emportée à l'étage. Je fouille ma poche, hésite un peu et finis par sortir une cigarette. Tiens, je me suis remis à la Gauloise. L'emprise *lichtmanesque* diminue, mais pas question d'allumer ma clope. Ni fumée ni bout incandescent. Je cherche l'ombre, pas la lumière. Un premier gars avec une corpulence intéressante s'avance devant le singe. Il a le bon gabarit quoique les épaules tombantes. J'ai du mal à imaginer Teddy sans une carrure de nageur. Encore un gars, puis deux. Puis plus rien. Trois jeunes étudiantes. Du bas de la cage d'escalier, le petit barman me hurle : « Vous voulez une autre bière ? » Je quitte mon poste quelques instants et du haut des marches je vois que ce dernier a déjà tiré le breuvage. Cela ne dure qu'une minute avant que je rejoigne mon poste d'observation la mousse aux lèvres.

Ça matche. À vue de nez, le type fait la bonne taille. Le dos semble carré sous le blouson matelassé. Les chaussures montantes indiquent un gars prudent, prêt à filer. Idem pour le jeans pas trop seyant. La main droite tient une cigarette, la gauche est dans la poche. Le type reste de dos, la casquette vissée sur le crâne, il regarde vers le mur derrière le singe et uniquement dans cette direction. Peu importe où se trouve le guetteur, personne ne peut voir son visage, ni de là où je me trouve ni de n'importe quel endroit de la place. Il me fait un geste.

C'est ça. Ça m'est destiné. La main gauche vient de loger quelque chose derrière le gibbon avec adresse. Tout est allé très vite. Trop vite pour que ce geste ne me soit pas destiné. Dans un réflexe circonspect, je zieute quand même aux alentours. Rien. Cela ne m'empêche pas de porter la main jusqu'à la crosse de mon automatique. Mes réflexes de commando reviennent. Je les ai tellement faits et refaits que même après quinze ans sans action, ils sont là. Une intuition me pousse à redevenir le furtif soldat que j'ai été. Elle est tellement forte que j'ai l'impression que mon visage est rempli de graisse de camouflage. Vite.

Quatre à quatre, je descends l'escalier patiné et grinçant, et je déboule au milieu de la taverne comme un rollmops dans une bouillabaisse. À la volée, je tends un troisième billet de cinquante euros au barman. Il le refuse d'un signe de tête. Pour unique merci, je lui envoie un clin d'œil ininterprétable. Je passe à travers les tables, dribble les piliers de comptoir, ouvre la porte du bistro et sors de ce décor digne d'un Boily. La terrasse est toujours aussi remplie, l'air pulsé du canon à chaleur m'assèche les yeux, je peine à y voir clair. Une fois sur le trottoir, je dois bien constater l'absence de Teddy et de sa casquette.

C'est avec détermination et faisant fi de toutes les consignes de sécurité que je traverse les pavés. J'hésite à faire comme tout le monde, c'est-à-dire à toucher la tête du singe pour que cela me porte chance. Je la frôle donc et viens fouiller l'arrière de la statuette. Je tâte, inspecte tout en ayant l'air de rien, je reprends le contrôle. C'est là, gluant, élastique et improbable. Je m'empresse d'enfourner ma main dans la poche de ma Barbour et quitte d'un pas lent le *spot*. Je marche depuis quelques instants, je me retourne sur la rue. Tout est calme dans cette petite impasse proche de la Grand-Place. Pourquoi une impasse ? Parce que la menace ne peut venir que d'un côté et que mon automatique est à portée de main. C'est comme me retrouver à Grozny quinze ans plus tôt ou à Tirana à la même époque.

Ça a une horrible odeur de fraise industrielle. Ça colle. La petite capsule médicamenteuse est à l'intérieur d'un chewing-gum plus ou moins frais. Certainement du Bubblicious à en croire la texture, le parfum et la consistance. Peut-être est-ce là un combiné de deux cubes. D'après moi, Teddy a dû les mâcher durant un petit bout de temps pour rendre le tout homogène avant d'y insérer le message. Aujourd'hui, on trouve ce type de gélule vide sur Amazon. Lorsque Teddy et moi jouions à ce petit jeu, nous devions d'abord les vider de leur substance avant d'y planquer le message enroulé sur du papier à cigarette. Combien de fois n'avions-nous pas recouvert la gélule trop tôt ? Elle se dissolvait alors dans la salive encore trop présente dans la pâte à mâcher. Nous avions testé un tas de marques : chewing-gum, feuille à cigarette et encre.

L'appareil que j'ai dans la main est conforme à notre dernier cahier des charges. Exactement la même recette que celle utilisée lors de notre opération Fatherland, celle contre le Nouveau Front. Il est temps de prendre connaissance du message.

Je sors alors du cul-de-sac. Personne ne m'attend. Conformément aux instructions, après avoir traversé la place du nord au sud, je m'enfonce à pied dans les faubourgs de la ville. Je m'excentre dans des rues de plus en plus sombres, de moins en moins peuplées. Les passants se muent en ombre. Mon automatique me pèse. J'ai toujours trouvé dingue d'être moins rassuré en étant armé qu'en ne l'étant pas ou peu. Je pourrais citer des caisses d'exemples où j'ai été ravi de ne pas être enfouraillé sérieusement, même dans les quartiers les plus malfamés de l'Europe de l'Est.

Je tiens toujours le petit papier à la main. C'est inhabituel. Il m'aurait fallu le brûler, aussi je saisis mon smartphone et mitraille le message quatre ou cinq fois, tout en marchant. Enfin, arrivé à quelques mètres de l'endroit de la rencontre, je le chiffonne et le jette à travers les barreaux d'une plaque d'égout.

Pour être un relais de vieux combattants, c'est une véritable amicale irlandaise dans laquelle j'entre. Le lieu est tellement pittoresque que l'on dirait une ambassade dédiée à la bière trouble et noire. Cinq gars au bar, des étudiants seniors essentiellement. Sur la dizaine de tables, seules trois d'entre elles sont occupées. La première par un couple, la seconde par deux vieux alcooliques et la troisième par quatre jeunes bobos. Ah non. Sur une quatrième trône un verre de Guinness à peine entamé à côté d'un paquet de cigarettes. Avec cette nouvelle foutue loi, plus moyen de déterminer la marque des clopes à cette distance. Bref.

Inutile de dire qu'ici, tout est en bois : le sol, le

bar, les meubles, même les murs en sont recouverts. Et que dire des gueules de ceux qui siphonnent bières au fût et whiskey au tonneau ? Elles sont de bois, elles aussi. Je ne vous mène pas en bateau, une vraie caricature, une *ballade sous un oranger*. Teddy n'est pas là ! En tout cas à première vue. Je cligne vers le patron et ses anglaises luisantes et gominées tout en lui indiquant une des pompes à stout, puis je me dirige vers les toilettes. J'y entre et me fige quelques instants.

Personne. Je m'attendais à voir Teddy sortir d'une des deux portes délabrées, en bois elles aussi. Mais rien. Je me passe les mains sous l'eau. Mon regard m'accroche dans le miroir, ce n'est pas le moment. Je dois me ressaisir. Je pénètre dans l'un des gogues et rabats le verrou. Je m'installe sur la planche et ferme les yeux. Ça pue. Dans ma tête, je dessine un carré et le fais suivre d'une ligne lumineuse. Chaque passage sur un côté dure quatre secondes. Au premier côté, je respire, au second je retiens ma respiration, au troisième je lâche tout et au quatrième de nouveau une apnée de quatre secondes sans plus rien dans les poumons. Je viens de faire ça cinq fois. C'est un vieux truc appris dans les Forces spéciales. Je suis fin prêt. En me relevant, je tâte la crosse de mon automatique de la main droite. J'hésite encore quelques instants et je finis par prendre un des deux chargeurs dans la poche pectorale de ma Barbour et l'insère dans le pistolet sans le sortir de sa gaine. Cette puissance de feu de quinze coups me rassure. Je déverrouille. À nous deux Teddy Lichtman.

Le type à la casquette est bien la pièce qui manquait au décor tout à l'heure. Il n'a pas touché à sa bière et triture un petit livre à la couverture brunâtre. Je n'aperçois son visage que lorsque je suis tout juste face à lui. Il avance le livre vers moi pendant que je m'assois. Je baisse le regard vers le livre. Une édition classique du *Simplicissimus* de Grimmelshausen me rassure sauf que lorsque je croise le regard de l'homme à la casquette, je m'aperçois que ce n'est pas Teddy que j'ai en face de moi.

∴

CHAPITRE XI
MONACO, 28° À L'OMBRE

Il s'appelle Vassili Tchesky. En tout cas, c'est le bobard qu'il vient de me servir. J'ai l'impression que la scène se passe au ralenti. Tout se bouscule dans ma tête, mais je dois la garder froide devant ce type à la mâchoire carrée et aux yeux globuleux. Pendant que le Russkoff me dit qu'il va tout m'expliquer – y compris les messages supposément envoyés par Teddy qu'il appelle, lui, Fiodor – je suis indécis quant à la suite à donner à cet entretien, à ce traquenard. « Votre bière vous attend sur le bar », me sort-il sans même une pointe d'accent des steppes. Pas d'autres choix que de me lever pour aller la chercher. En reculant ma chaise, je prends une assurance contre une éventuelle fuite de sa part – mais pourquoi fuirait-il ? – en soulevant le pan droit de ma veste pour lui montrer que je suis armé, et je dis que je n'hésiterai pas à le flinguer sur place ou dans le dos en pleine rue à cent mètres d'ici s'il compte se la jouer escampette. Il abdique sans effort, je pars décoller le verre du zinc et m'acquitter de la quittance auprès du moustachu.

— Vassili Tchesky. Il fait quoi Vassili, à part servir d'homme de paille à Teddy Lichtman ou à ce fameux Fiodor Loban, hein ? que je lui demande en me rasseyant lourdement.

— Fiodor Alexandrevitch Loban, pour être précis. Lieutenant dans les services de sécurité russes, le fameux FSB. Auparavant *case officer* au KGB et ses différentes mutations après la chute de l'empire soviétique. Connu sous différentes identités, en particulier de vous comme étant Teddy Lichtman. Un nom ressurgi du passé qui vous perturbe, j'en veux pour preuve la fébrilité qui a émané de vous en voyant cet ouvrage ! qu'il me dit en tapotant la couverture du *Simplicissimus*.

— Et pourquoi m'envoie-t-il un sous-fifre, hein ? Donnez-moi une seule bonne raison.

— J'en ai deux.

— Allez-y. Davaï, comme on dit chez vous.

— La première est que Fiodor est mort !

— Quand ?

— Il y a quelques mois.

— Mais où ? Quoi ? M'enfin. Dites-moi tout.

— Attendez. La seconde raison vous intéressera encore plus.

— Ah oui ? Vous ne doutez de rien, vous.

— Je suis Monaco. Je suis votre Messie, Sacha Lebel.

Deux types viennent d'entrer dans le pub. C'est mon inconscient qui les calcule à vitesse maximale. Tous mes sens sont en alerte, mais l'écho de sa dernière phrase semble infini dans ma tête. La peau autour des pommettes de Vassili vient de changer de couleur, ses lobes d'oreilles aussi. Comme moi, il s'est mis en mode danger.

Marat et Narat – ils ont des tronches de Tatars –

s'accoudent au bar comme on s'accroche au bastingage d'un *parom* prêt à traverser le lac Baïkal. Ils se ressemblent tellement que l'on croirait qu'ils sont jumeaux. Grands, blonds, des visages presque angéliques, voire poupins, mais des carrures de colosse et des mains qui ressemblent à des étaux. De la manière dont je suis placé, il m'est difficile d'apercevoir les détails. Je les observe dans le reflet de la vitrine et dans un miroir placé sur le mur à côté de moi. Le reste, je le suppose en scrutant la réaction de Vassili. Il n'est pas à l'aise. Il sait, lui, qu'ils sont russes, il le sent.

— Je crains que nous devions changer d'endroit pour continuer notre discussion, qu'il me lance dans un français toujours parfait.

— Ah oui ? C'est quoi ça, Monaco ?

— Nous n'avons pas le temps. Ces types sont là pour moi.

— Et alors ?

— Et alors, comment me livrerais-je à la DGSE après être passé dans leurs mains ?

— La quoi ? La DG quoi ?

— J'ai ouvert un canal avec un de vos agents. Son nom de code est pour moi Foudre. C'est via le SEREX à Berlin que je suis entré en contact avec lui, dit-il en parlant très vite.

— Mais de quoi me parlez-vous ? que je lui réponds lentement.

— J'ai ouvert un deuxième canal il y a un mois. Foudre est hors jeu. J'ai demandé un transfert. C'est prévu la semaine prochaine. Je me suis fait passer pour Teddy, car en vous je sais que je peux avoir confiance.

— Et pourquoi auriez-vous plus confiance en moi qu'en un autre agent ? Hein ?

— Parce que vous avez une dent contre le KGB qui vous a joué un sale tour via Loban il y a près de trente ans, en vous faisant croire que vous alliez bosser pour le Mossad. Parce que vous ne trahirez jamais votre pays, vous !

— Alors on s'casse ?

— À vous de jouer. On se tutoie, peut-être ?

— Non. Plus tard.

∴

Dans ces cas-là, il n'y a pas trente-six solutions. L'urgence dicte les actions. Tout est question de priorités, de l'art de bien les trier dépend le succès. Ce qu'il nous faut d'abord faire, c'est semer nos poisseuses nourrices. Mais pas question de faire cela sans avoir un but précis, un endroit où aller ensemble. Je titille mes neurones, je tente de diminuer la voilure de mon cerveau reptilien et recommence, vite fait, mon exercice de respiration avec les carrés tout en amorçant une simulation de dispute avec Vassili. Il a compris. C'est un as, lui aussi. Rapport à son âge – nous naviguons dans les mêmes eaux –, c'est peut-être Teddy lui-même qui l'a formé. On décolle, maintenant.

Ouch. Mon Popov est fortiche. La tourlousine que je viens de prendre en pleine poire me ramène à mes premières années de lycée quand il a fallu que je m'impose. Vu le contexte, je profite du *pastis* que notre bagarre provoque dans le bar pour shooter dans le porte-parapluie situé à côté de la porte d'entrée. J'incline aussi le portemanteau à travers l'entrée et attrape Vassili par le col pendant qu'il brise un verre sur le coin de notre table. À la vue du tesson qui passe de main en main, tout le monde s'écarte. Sauf les deux zigotos patentés FSB qui cherchent le bon endroit pour entrer dans notre danse. Marat tente d'approcher le dos de Vassili tandis que Narat arrive sur ma droite. J'hésite une fraction de seconde à sortir mon calibre. Faut que ça ressemble à un règlement de comptes entre truands plutôt qu'à une barbouzerie.

J'ai lâché le colbac de mon nouvel ami, il serpente autour de moi et finit par planter le bout de verre dans le manteau d'un des deux alcoolos. Il me regarde provocateur, je comprends qu'on va se lancer dans les dommages collatéraux si je le laisse faire. Alors, j'avoine deux belles droites à Marat qui s'allonge illico. Dans un tour de reins simultané, Vassili envoie valser Narat par le centre, en plein dans le bas-ventre. Il a tapé dans le mille : outil principal et bijoux de famille compris à en croire la douleur qui sort de la bouche du tueur. Sans crier gare et faisant preuve d'une lucidité que je trouve agaçante, Vassili dévalise nos deux nounous. Au menu : deux téléphones, deux portefeuilles, quelques billets, quatre chargeurs, des clefs et deux Udav flambant neuf. Deux redoutables perceurs de gilets pare-balles, si j'en crois une note que j'ai reçue il y a quelques mois de cela par notre direction technique. Il est temps de filer. En quittant le bastringue, je couvre notre fuite en embouteillant la sortie grâce au porte-parapluie et brise le portemanteau dans l'encadrement de la porte : bon courage.

On court comme des dératés. Je calte tellement vite que j'ai l'impression d'avoir du sang qui irrigue le fond de ma gorge. Puis, une sensation de sécheresse envahit mes poumons qui commencent à brûler. Vassili me suit toujours, lui n'a pas l'air particulièrement exténué.

Ce coup-là, je ne l'ai pas prévu. Pas de voiture de back-up, pas de plan de fuite, rien de tout ça. On est parés pour se tutoyer.

— T'as un moyen de locomotion, le Monégasque ?

— Une voiture de location, mais elle doit être repérée. Et toi ?

— Ma voiture personnelle. Faut dire que je ne m'attendais pas à t'exfiltrer. Je vais même te dire mieux, mes supérieurs ont pensé à quelqu'un d'autre pour ça.

— Ah. Ben oui. C'est pour ça que j'ai ouvert un deuxième canal.

— Pour nous mettre bien dans la merde, somme toute. Et tu n'as rien prévu pour notre fuite ?

— Mis à part ça, non, me lance-t-il en me montrant une clef attachée à son cou par un bout de ficelle.

∴

Bien que la situation exige de nous éloigner au

plus vite de la ville de Mons, nos options sont minces. Évidemment, le kot d'étudiant dans lequel nous nous trouvons nous protège au moins de la pluie de printemps qui tombe maintenant sur la cité du Doudou. Vassili alias Monaco pionce comme un loir sur le lit à l'armature en tube métallique, emmitouflé dans une courtepointe patchworkée. J'observe son ombre sereine.

Pour ma part, je trouve le fauteuil une place assez confortable. J'ai même déniché une bouteille à peine entamée de Zizi Coin Coin dans la porte du frigo. Je la siffle doucettement dans le noir, la clope au bec. Une Camel piquée dans l'un des paquets de Monaco. Malgré la pénombre qui colore la pièce, j'aperçois les effets dérobés aux deux Russes sur la table du salon. Vassili semble bien être Monaco, sinon il aurait pu me descendre aisément dans le dos plus tôt, dans les rues désertes que nous avons parcourues, le souffle court. À moins que.

Dans ma tête s'échafaude tout un tas d'hypothèses. Je ne cherche pas ce qui est possible ou impossible, je cherche ce qui est plausible. Dans l'espionnage, quand on a éliminé tout ce qui est logique, il reste la vérité, les vérités. Elles sont faites d'entourloupes, de fausses informations, de flous, de matriochkas, de lasagnes à énigmes, bref elles sont à géométrie variable. C'est un métier de faussaire. Et celui qui est allongé à quelques décimètres de moi, qui respire tel un poupon sans aucune inquiétude apparente, celui-là est un redoutable épigone. Je me demande à quel point, d'ailleurs. J'ai hâte qu'il se réveille pour m'affranchir au sujet de Teddy. Mais pour le moment, mon urgence est toujours de sortir de cette putain de ville. Ensuite, j'aviserai sur ce qu'il y a lieu de faire avec la Maison. Après tout, ne m'a-t-on pas confié le débriefing de Monaco ?

Il est passé deux heures du matin. J'ouvre la fenêtre qui donne sur cette petite rue adjacente au boulevard. Plus loin, le flux des voitures s'espace et les ronflements de moteurs s'amenuisent. On entend dans l'air quelques ivrognes pester contre la société de consommation et promettre l'annonce des jours meilleurs dès la prochaine ouverture des bistros. Les autres bruits sont ceux de la pluie et de la ville qui dort. Il me faut une solution pour déguerpir avant que le beau temps ne revienne et que la nuit ne s'achève, sous peine de devoir passer un jour de plus terré dans ce studio avec mon nouvel ami.

Pour ne pas perturber le sommeil de Vassili, je m'enferme dans la salle de bains où se trouve le gogue. Là, je peux allumer la lumière et une nouvelle cigarette. Je dépose mon flingue sur le rebord de la petite baignoire qui ressemble à un bidet *king size*. Je saisis quelques feuilles de PQ grisâtre et y griffonne une carte mentale avec toutes les possibilités. Au bout de dix minutes, aucune solution ne s'offre à moi. En tout cas rien qui ne soit pas bancal. À cette heure, le FSB doit avoir concentré ses renforts autour et dans le dernier périmètre où nous avons été vus. Ils doivent au moins avoir posté quelqu'un près du véhicule de location de Vassili, quant au mien, il n'y a aucune raison qu'il ne soit pas cramé.

Le rapport bénéfice risque n'est pas avantageux. Je commence à craindre de devoir faire appel à mes collègues.

∴

— Si tu fais ça, je me barre. Et je vais sonner chez les Anglais ou chez les Allemands. Compris ? dit-il la joue encore marquée par un sommeil lourd et les yeux qui sortent un peu plus des orbites que d'ordinaire.

— Je n'ai pas le choix, Vassili.

— Trouve une solution.

— Oh oh ! Je te signale que c'est toi qui as changé les plans à la dernière minute, hein ! Et puis, tant que tu ne m'auras pas tout dit sur Teddy Lichtman, je ne te lâcherai pas.

— Tu y tiens à ton maître, hein ? Comme une pute à son premier proxénète.

— Dans la mesure où tu as usurpé son identité et tout le toutim pour me tromper ? Oui. J'y tiens.

— Alors ? Moi non plus je n'ai pas de solution. Tu proposes quoi ?

— Le train et les taxis, c'est hors de question. Idem pour les agences de location de voitures. Reste l'option bus. Ça se tente.

— Et ta bagnole, tu la laisses ici ?

— Pour ça, t'en fais pas. Une fois suffisamment éloigné du spot, j'enverrai quelqu'un la chercher.

— Bon, on se fait l'inventaire de ce qu'on a ?

— OK.

Côté argent, on est parés. Côté armement aussi : trois pistolets, des cartouches en suffisance, deux couteaux et nos passés respectifs dans les Forces spéciales. Vassili est un ancien *spetsnaz*. Pour ce qui est des communications, nous avons détruit méticuleusement les portables de Marat et Narat. Vassili a coupé le sien depuis la veille et, comme le mien, il est emballé dans une dizaine de couches d'aluminium trouvé dans la kitchenette du kot. Il me faut un moyen de communication *clean* pour mettre le Prélat au parfum. Notre prochaine étape sera donc française.

∴

Grosso merdo, nous ne nous en sommes pas trop mal tirés. Inutile donc de conter nos exploits frontaliers, les différents bus pris et l'arrivée sur le territoire national où après deux heures à sillonner les rues quasi désertes d'un village du Nord de la France, la visite de son monument aux morts – derrière lequel nous avons planqué nos flingues – et notre razzia brassicole dans l'estaminet tenu par un certain Titi dont *le nom jeté* est Fier'cul, une voiture envoyée par Bob s'est avancée. Un véhicule équipé : portables avec cartes intraçables, une autorisation ministérielle de circuler discrètement estampillée par la Préfecture de Paris, une carte essence attachée au ministère des Affaires étrangères et encore quelques artifices. Dans la boîte à gants, je trouve aussi une liste de trois adresses. Bob, toujours magnifique, ne m'a posé aucune question lorsque je l'ai appelé de la poste du village.

Voilà pour le périple, avec ses six heures de route et notre arrivée dans ce petit cottage du Beaujolais.

Un endroit idéal, calme, excentré et inconnu de nos poursuivants éventuels. Une piaule garantie cent pour cent par mon vieux Bob.

Vassili a bien dormi, et il semble repu de mets régionaux que je suis allé débusquer dans une épicerie municipale où les producteurs locaux, en dépôt-vente, offrent le meilleur du terroir. Pain frais et croquant, pâté en croûte, sauciflard cendré à l'Espelette et quelques rudes chopines de rouge tiré directement du fût de chez *Picrate et Ginglard.*

— On commence par Teddy, que je lui dis avant même qu'il ne fume sa clope de digestion.

— Que veux-tu savoir ?

— Tout.

— À partir de quand ?

— On va commencer par la période moderne, hein ! De sa mort jusqu'au moment où tu t'es pris pour lui. Ensuite, tu me feras les évangiles selon saint Vladimir.

— Fais passer pour lui tu veux dire ?

— C'est ça. Fais passer pour… Allez, accouche.

— Faut qu'on parle du deal Monaco. Tu vois ?

— T'en fais pas. Je suis officiellement chargé de te débriefer. Alors ma condition numéro un c'est Lichtman. Sinon, je te bute.

Je suis très sérieux. Pendant sa longue nuit de sommeil, j'ai endormi les flingues et les balles pour ne garder que le mien. Idem pour son couteau et son téléphone portable. Tous les agents savent que le ton du débriefing est donné par l'interrogateur. J'attends, mais pas trop longtemps. Le récit commence, sans raccourcis inutiles, sans les tableaux surfaits et les décors byzantins.

∴

Selon Vassili, c'est au mois de septembre dernier que la machine s'est mise en route. Implacable, rasant tout sur son passage, le département du contre-espionnage russe avait décidé de mettre Fiodor Loban sur la piste de supposés traîtres prêts à se lover, pour de bon, dans l'escarcelle d'un des pays membres de l'OTAN. En chasseur super entraîné, Fiodor n'avait pas mis longtemps à venir renifler du côté de chez Vassili. À l'époque, Monaco bossait déjà depuis quelques mois pour la France et son passage côté ouest était déjà en cours de négociation. Son poste d'attaché aux affaires occidentales et ses demandes pressantes pour rester en poste à Berlin avaient sans doute fait biper les systèmes d'alarme du colonel Loban. Le bougre avait atteint un sacré grade. Vassili explique cela par les états de service impeccables de Teddy.

Cinq mois plus tôt, alors que les rencontres discrètes entre Vassili et Tempête étaient de l'ordre de la routine, que tout était correctement rôdé et que le danger semblait écarté du côté du contre-espionnage russe, le *case officer* français et sa source russe avaient joué de malchance un soir dans un bar. Jamais ils n'avaient été en contact physique direct. Tout au plus leur était-il arrivé de se retrouver au même endroit au même moment afin de ne pas laisser les boîtes aux lettres mortes trop longtemps sans surveillance. Ce fut le cas ce soir-là. L'une d'elles était placée dans les toilettes d'un lieu de rencontres gays de l'Underground berlinois.

L'échange de message s'était déroulé sans accroc. Mais Tempête commit ce soir-là une erreur de taille. Oh, quelque chose de tout à fait insignifiant pour la majeure partie des limiers du FSB. Mais un bémol qui n'échappa pas à la sagacité de Teddy Lichtman.

∴

— Un briquet, oui. Celui de Foudre.

— C'est à cause du putain de briquet de mon agent que vous vous êtes fait détroncher ?

— Détroncher ?

— Avoir, quoi ! que je lui réponds sans utiliser le vrai nickname de Tempête.

— Fiodor m'a confié qu'il l'avait vu deux fois à deux endroits différents, et j'étais présent à chaque fois. Le rapprochement a été vite fait.

— Putain ! Et ton Fiodor ? Tu l'as connu comment ?

— On avait dit qu'on commençait par la période moderne, non ?

— Ouais. Vas-y, continue sur octobre dernier.

Et tout en lui resservant un verre de chiroubles rempli de la garde jusqu'au ras du buvant, j'allume une nouvelle Camel. Et voilà je perds mon regard dans le feu de cheminée. Ce n'est pas qu'il fait froid dans cette planque occasionnelle, mais l'ambiance, ça compte dans ce genre d'exercice. Il reprend le cours de sa fable digne de figurer dans une rétrospective d'Afanassiev. Au fond de moi, je rage de ne pas avoir ordonné une seconde fois à Tempête de se séparer de son vieux briquet Dupont datant des années 1970, le modèle en laque de Chine noire.

∴

Vassili avait profité de la Fête de l'unité nationale, le 4 novembre, pour passer un week-end prolongé au calme, loin des turpitudes berlinoises et de ses intrigues diplomatiques. Il avait quitté Berlin le vendredi en début d'après-midi. Son retour était prévu le mardi suivant. Trois longs jours à Pskov, en pleine campagne russe dans une petite datcha deux chambres avec son potager et sa terrasse couverte sous laquelle on pouvait se faire un barbecue été comme hiver. Ce fut le samedi matin que sa vie bascula, lorsque Fiodor Loban, dès potron-minet, et accompagné d'un sicaire muet aux formes herculéennes, frappa à sa porte. Il ouvrit et, sur-le-champ, sut que son monde s'écroulait. Un retour en arrière n'était pas possible.

Sur un ton calme, mais assertif, Loban s'était invité à entrer et avait déposé, tout en continuant à le fixer dans les yeux, sur la petite table en bois un dossier blanc épais de trois bons centimètres. Sur celui-ci figurait son nom dactylographié dans un cyrillique rouge vif, presque soviétique. Pavel, le tueur, fit le tour du propriétaire et revint du fruitier avec un tas de bocaux emplis gorgés de fruits confits trempant dans une solution sucrée ou dans de l'aquavit. Il en salivait, le bougre.

Fort heureusement, à cette période, Vassili était célibataire depuis peu. Le fait qu'il n'ait jamais eu d'enfants ne le rassura point, mais il se dit que cela aurait pu être pire. Fiodor était affable, ne parlait pas pour ne rien dire et avait cet air compassionnel et de contrition que je lui reconnais alors que Vassili me sert l'histoire comme s'il la revivait. Épaules tombantes, souffle court, lèvres sèches, regard rectiligne et menton sur la gorge.

C'est dans cette datcha que tout se décida. Loban ne laissa pas trop le temps de la réflexion à sa proie. Pourquoi l'aurait-il fait ? Le jeu était à lui et il avait la main. Quel autre choix pour Vassili ? Pourtant, et pour sauver sa peau, il proposa de jouer l'agent triple.

∴

— Ce qui fait de toi un agent quadruple, voire exponentiel, lui fais-je remarquer.

— Non. Parce que je suis parvenu à arranger toute l'affaire.

— Ah oui ? Tu me prends pour un con ou quoi ?

— Non. La meilleure preuve, c'est que j'ai tué ton Teddy.

— Ça ne prouve rien. Et puis, t'as une photo de la dépouille ? Une vidéo du meurtre ?

— Tu déconnes, là ?

— Pourquoi je déconnerais ? Hein ? Tu penserais quoi à ma place ?

Mais il n'est pas à ma place, et je ne suis pas à la sienne. Et même si tel était le cas, sans l'historique avec Teddy, les choses seraient bien différentes. Pour la première fois dans ma carrière d'officier traitant à la DGSE, je me pose des questions sur ma lucidité et sur mon implication dans ce dossier. Si

Teddy ne faisait pas partie de l'équation, Vassili serait déjà dans les mains de nos spécialistes. Mis à l'écart durant quelques mois, il pourrait même servir de monnaie d'échange ou quelque chose comme ça. De toute manière, son explication ne me laisse pas vraiment d'autres alternatives. Tout cela devient vraiment très compliqué. Les cartes sont brouillées. Il me faudra un sacré joker pour m'en sortir, j'en suis conscient.

— Et donc tu l'as buté ! Quand ?

— En décembre.

— Où ?

— À Pskov, près de ma datcha !

— Et depuis six mois, tu fais quoi ? Personne n'a été surpris de ne plus voir Teddy ? Ses supérieurs, ses collègues, ses potes, enfin j'sais pas moi, quelqu'un ?

— J'ai, disons-le, monté une opération à plusieurs couches.

— Une lasagne ?

— Disons plutôt une sorte de matriochka.

— Comment ?

— Tu vas voir.

∴

Après six semaines de relation forcée, le climat entre Fiodor et Vassili s'était quelque peu amélioré. Il faut dire que Vassili y avait mis du sien en racontant à peu près tout ce qu'il y avait à dire à son nouvel officier traitant. De la manière dont il avait tamponné l'attaché d'ambassade français à Berlin en passant par la rencontre virtuelle avec Foudre jusqu'à la mise en place des protocoles de communications, les fameuses boîtes à lettres mortes. Le seul détail qu'il avait gardé dans sa manche, c'était son désir de passer côté français. Les contre-espions de Vladimir avaient beau être forts, ils n'étaient quand même pas des Raspoutine. *It was a shame how he carried on.*

Très vite, entre les deux officiers russes, une sorte de pacte fut passé. En échange du blanchiment des informations qu'il lui fournissait, Vassili pouvait choisir les fausses informations qu'il nous transférait à nous les Français. La désinformation n'eut ainsi jamais cours, puisque Fiodor était tombé dans le panneau de l'ego. En offrant la discrétion à Vassili, il s'octroyait un passeport pour le Kremlin sans devoir rendre de comptes aux nombreux directeurs qui auraient pu lui barrer la route ou prétendre être à la manœuvre pour mieux briller.

∴

— Il n'y a vu que du feu ?

— Tu plaisantes ? Ce type avait un ego démesuré et une… comment vous dites déjà… ah oui, une suffisance énorme.

— Comment en es-tu arrivé à le tuer ?

— C'était mon plan initial. Quand j'ai ouvert la porte de la datcha le 2 novembre, je savais que je le tuerais.

— Tu le connaissais bien ?

— Tout le monde connaît Fiodor. Toute l'élite de l'espionnage russe le connaissait.

— Alors… accouche, j'ai hâte d'entendre la suite.

— Tu verras, j'ai fait un doublet.

.·.

À la mi-décembre, Vassili activa un signal d'urgence. Il fut convenu que le rendez-vous hâtif se ferait dans la datcha de Pskov. Un scénario simple et efficace. Une rencontre rapide, un prétexte bidon, un appât de taille et celui du gain. Fiodor n'avait pas rechigné longtemps. Dans le paysage enneigé, un coup de feu avait retenti. Puis un deuxième.

.·.

— Un deuxième ?

— Oui. Ce soir-là, j'ai éliminé un second problème. Oh, ce n'était pas encore un problème, mais cela aurait pu le devenir.

— Qui ça ?

— Connais-tu un certain Vladimir Najkinavskov ?

— Oui. Le type que l'on surnomme Golda. Une légende qui doit être un vieux papy maintenant.

— C'est ça ! Tu as déjà vu une photo de lui ?

— Non. Mais je pense que personne n'a jamais vu une photo de lui.

— Peut-être l'as-tu vu en chair et en os ?

— Je me demande bien où ?

— Une première fois à Mons dans les années 1990, une seconde fois un peu plus tard en Israël, sur les bords du lac de Tibériade.

— Quoi ? Non ? Tu veux dire que Golda n'est autre que Moshe Vidor ?

— Précisément.

— Le patron du département des clandestins ?

— Lui-même. Mais je te rassure, il était en retraite depuis quelques années.

— Mais comment le connais-tu ? Enfin, je veux dire, comment tu en es venu à l'abattre lui aussi.

— Il a été mon mentor. Il choyait deux as à l'époque, Fiodor et moi.

Le sang me cogne dans la tête. Je commence à comprendre. Je me demande si je ne suis pas au beau milieu d'une pièce qu'on me joue. On se joue de moi. Tout ça me paraît des plus suspect, mais je n'ai pas l'impression que Vassili s'en doute. Il est temps de changer de rythme.

Je décide donc de sortir, je prétexte des vérifications d'usage. Je commande à Monaco, s'il est bien celui qu'il prétend être, de rester dans le coin, de ne pas sortir sous peine de se faire descendre ou d'être revendu à ses compatriotes – avec pour bonus la vérité sur les meurtres de deux légendes du renseignement russe – s'il n'obéit pas.

Je sors du petit pavillon. L'air est chaud en cette fin d'après-midi. Il fait *vingt-huit degrés à l'ombre*. Sur les coteaux, les vignes tremblent à cause de ce léger vent. Au loin, les nuages poussent vers les Monts-d'or et s'y accrochent. Dans les rues ocre du petit village, pas un chat. Ce que j'aimerais m'y balader avec Sandrine. Oui, Sandrine. Pourquoi pas Maryse ? Parce que je suis dans un état de paranoïa avancé. Tout me paraît suspect, mais pas Sandrine. Oh non. Pas elle.

— Ça me fait plaisir de t'entendre, me dit-elle alors que je n'ai pas encore prononcé un mot.

— Moi aussi.

— Tu vas bien ?

— Oui. Oui. Et toi ?

— Ben oui. Ma foi, je ne peux pas me plaindre.

— Tu appelles pour ?

— Ah oui. Pour te dire bonjour et pour te demander un service.

— Je vais voir ce que je peux faire pour toi. Bonjour.

— D'abord, il ne faut poser aucune question. Promis ?

— Promis.

— Et ne rien dire à Maryse.

— Promis aussi.

Son souffle est différent, on dirait qu'elle est comme soulagée ou triste, déçue, je ne sais pas. Quel con je fais. Mais comment lui dire tout ça ? Salut, je suis espion au cas où tu ne le savais pas, et là je sors un espion russe de cavale. Aux trousses ? Ben, j'ai juste le FSB et ses assassins. Mais y a pire ! Comme j'ai merdé, il me faut quelqu'un pour récupérer ma voiture avant qu'on envoie tous les hussards de France à ma recherche. Tu vois ? Merci.

Bien sûr qu'elle a accepté, sans même rien demander, sauf si c'est bien sous la roue avant droite qu'est planqué le petit boîtier qui contient ma clef de secours. Si elle est formidable, elle est aussi formidablement mariée. *Mais j'en rêve encore.* Jamais elle ne parle de ça. Et si ? Mais non. Je sais que je peux lui faire confiance, d'ailleurs inutile de parler de Monaco et de tout ça pour se charger de sortir ma voiture des radars. C'est là que mon franc tombe. Ni une ni deux, je la rappelle.

— Dis-moi, tu te souviens, il n'y a pas longtemps, tu m'as dit que tu avais revu ce type avec qui j'étais copain à Mons ?

— Oui, je m'en souviens. Pourquoi ?

— Question de sécurité nationale, M'dame. C'était quand ?

Elle prend ça au second degré parce qu'elle ne relève pas. J'attends sa réponse, impatient et prêt à tout entendre.

— Pendant un colloque, je te l'ai dit.

— Oui, l'année passée ?

— Mais non ! Là, il y a quoi… c'était en avril. Oui, en avril.

— De cette année ?

— Mais oui, de cette année. Pourquoi ?

— Tu me sauves. Je t'aime.

J'ai dit ça sans automatisme. Je le pense vraiment. Je le sais. Je l'ai toujours aimée. Je l'aimerais, je crois, toujours. Il me reste à vérifier adroitement et furtivement auprès de Vassili s'il est bien celui qui a pris un selfie avec Sandrine. Si c'est lui, il doit l'avoir gardé au pire pour consolider son histoire, au mieux pour attester de sa bonne foi. Qui cela pourrait-il être d'ailleurs ? Lui ou Teddy. Aucune autre possibilité.

En remontant la rue, je cogite. Je me cherche des excuses. Bien sûr que c'est Vassili qui s'est fait passer pour Teddy. Mais pourquoi ? Dans quel but ? Pour quelle manœuvre ? Et seul Teddy connaît Sandrine.

Peut-être n'est-il pas mort ? Peut-être continue-t-il à traiter Vassili ? Ou bien Vassili le croit mort ? Cette histoire n'en est plus une, c'est un roman, un mauvais rêve. Alors je presse le pas. *Je cours, je me raccroche à la vie et me saoule avec le bruit* de mes pas qui sont lourds, si lourds.

Dans le pavillon, le silence est presque total. Vassili prend le soleil dans le jardin. De dos, on dirait un voyageur fatigué. Ses cheveux flottent au vent et son corps est massé dans le transat marine. J'en profite pour aller fouiller dans ses affaires que j'ai confisquées et planquées dans le coffre de secours comme il en existe dans presque toutes les planques de la DGSE. Ce que je m'apprête à faire est risqué, très risqué, trop risqué, mais Teddy vaut bien cela. Alors je déballe les couches d'aluminium autour du portable de Vassili. Je retire la petite carte mémoire située à l'emplacement de la deuxième carte SIM. Nous avons tous les mêmes *modus operandi*, nous les espions.

Dans l'un des téléphones laissés par Bob, j'insère la micro-SD. Les photos défilent sous mes yeux. Après cinq passages, je dois me rendre à l'évidence. Près de cinq cents images. Aucune n'est prise à Bruxelles, sur aucune d'elles ne figurent le visage et le sourire de celle que j'aime tant. Teddy n'est pas Monaco, Vassili non plus.

∴

ÉPILOGUE
J'AI RISQUÉ MA VIE

Je n'ai pas eu de chance avec mon débriefing. Pourtant mes états de service parlent pour moi. Près de trente ans de maison, si on compte ma première mission pour Bob. Et je ne parle pas de tout ce que j'ai accompli pour le drapeau ni de l'amitié que le Prélat me porte. Dunkerque, putain, ils ont été durs. Enfin, tout s'est relativement bien passé, ou presque. Seule l'issue me donne de l'amertume. Il y avait de quoi s'inquiéter quand même. Une exfiltration mal menée, des ratés, des changements de programme intempestifs et le suicide du principal intéressé, il y avait mieux pour une mission au nom pourtant prometteur : Monaco.

De leur côté, ils m'ont affranchi sur l'envers du décor. Mais c'est trop tard. Un tas de petites choses que Gérard a tues. Qui plus est, des ordres clairs ont été donnés quand l'échange s'est précisé avec l'ouverture du second canal : rien ne devait m'être divulgué avant que j'entre en contact avec Monaco. Ni Gérard ni le Prélat ne l'avaient vu venir, ce maudit transfuge. Si seulement ils m'avaient mis au parfum. Oui, savoir que dans le petit cercle fermé des dirigeants de services secrets du monde entier il se murmure que Golda et l'un de ses protégés ont été repassés par le Mossad dont le patron gueule haut et fort que son service n'y a jamais été pour rien, aurait tout changé. Absolument tout. J'ai découvert cette réalité sans sourciller, mais mon ego chiale comme une Madeleine.

Mes inquisiteurs ont finalement été sympas. Après avoir passé deux semaines dans une villa au milieu des dunes, à bouffer des crevettes à toutes les sauces, à se plafonner l'estomac de *welsh* en sirotant de la bière presque belge et à expliquer pour les énièmes fois dans quel état j'avais retrouvé le suicidé monégasque allongé dans une chaise longue, Kool et Joey ont consenti à me libérer près de la plage. Le bon air frais, de quoi me mettre les idées en place avant de quitter cette ancienne cité corsaire. Dans leur rapport, ils ont conclu que je n'étais pour rien dans la mort de Vassili Tchesky. En toute transparence, Kool m'a fait lire leur rapport, Joey a grincé des dents, mais ne s'y est pas opposé.

Le soir même, c'est-à-dire hier, la sentence parisienne est tombée par estafette kaki. Rapide, laconique, implacable et, je dois l'admettre, assez juste si l'on considère tout ce que je n'ai pas dévoilé.

À présent, je longe le quai de Mardyck, libéré de toute obligation militaire et administrative. Le deal est le suivant : un retour à Paris imminent, la signature apposée sur ma lettre de démission officieuse en échange d'une mise en disponibilité à durée indéterminée. Être payé à ne rien faire jusqu'à ce que. Jusqu'à ce que quoi d'ailleurs ?

Ce soir, je serai à Bruxelles. Je rentrerai par le dernier TGV. Sandrine m'attendra quelque part dans la gare du Midi après avoir garé ma voiture au parking. Nous irons manger un bout pas loin de là. Peut-être évoquera-t-elle la nécessité de divorcer et son besoin de se marier avec moi ? Et Maryse ? Je lui répondrai bêtement que sans en faire une dame d'honneur, on pourrait lui expliquer tout simplement qu'on s'aime depuis presque toujours. Qu'on s'attend, quoi !

Mais pour l'instant, je n'y suis pas encore. Faudrait déjà que j'arrive vivant en Belgique. On ne sait jamais. Un accident est si vite arrivé.

Nombreux sont ceux qui auraient peur de se faire descendre à ma place. Surtout les néophytes et les amateurs de films d'espionnage. On en fait souvent tout un foin, mais le métier d'espion, c'est moins rutilant que ce que montrent les réalisateurs ou autres romanciers, à moins de l'avoir été même pas longtemps, même dans leur jeunesse. Et encore, ça demande de coller au cahier des charges, une œuvre sur le sujet. Faut séduire le lecteur, brancher le spectateur. Faut tout lui expliquer, ne pas l'emmener entre les lignes. Surtout pas, malheureux. Faut rien laisser au hasard. Tu penses ! Dans la vie, le hasard, ils disent que ça n'existe pas. Faut aussi tout lui expliquer au rêveur, lui malaxer la purée saveur barbouze et l'allonger à la vérité pour qu'elle soit plus crémeuse et sans grumeaux.

C'est à tout cela que je pense alors que dans le kiosque de cette gare de Dunkerque je m'achète l'autobiographie de John le Carré. Peut-être aurais-je enfin le temps de finir un livre maintenant que je suis à quatre heures de la retraite ? Quoi le *Simplicissimus* ? C'est vrai, tiens ? Eh ben, je l'ai perdu. Peut-être l'ai-je oublié dans la chambre d'étudiants à Mons ou durant la bagarre au bar irlandais. En tout cas celui de Vassili est resté sur place.

∴

Kool et Joey n'ont pas seulement été des nounous attentives pendant leur chaperonnage, ils ont aussi pensé à mon petit confort pour le retour. Dans ce compartiment de première classe de TGV, je suis rudement bien installé. J'en suis à la moitié des deux heures et demie de trajet qu'on m'a déjà gentiment apporté un café. Le liquide noir vacille, nous amorçons une longue courbe. Une légère baisse de tension provoque l'inquiétude subite dans les yeux de certains passagers.

Cinq hommes en costume, deux femmes en tailleur. Quatre bobos qui doivent certainement bosser dans la pub. Un couple de sexagénaires à l'air amoureux et une vieille blonde maquillée comme un carré d'as occupent mon environnement direct.

Plongé en pleine lecture du *Tunnel aux pigeons*, je suis sorti de mon immersion par un bip sonore. Je relève les yeux et regarde autour de moi. Personne ne semble être concerné, et pour cause, c'est mon téléphone qui vient de m'avertir que quelqu'un pense à moi. Je fouille la poche de ma Barbour, touche mon paquet de Gauloises, j'écarte mon briquet Bic et attrape mon smartphone.

En le portant à mes yeux, je fais une mauvaise manipulation. Le message d'alerte disparaît, je viens de l'effacer. Je voyage donc parmi les icônes et tente d'identifier d'où vient ce signal qui me rappelle à l'ordre. Comme si j'avais besoin de ça. Je peste et repeste et décide de remettre cette recherche à plus tard. Et si c'était Sandrine ?

Pour avoir la conscience tranquille avant d'affronter, peut-être pour la dernière fois, Gérard et le Prélat que j'appellerai désormais Xavier, je cède à la curiosité. Le message provient de la messagerie de Facebook. Un message d'une personne avec qui je ne suis pas ami.

« *On s'est loupés la dernière fois. J'y serai à nouveau toute la semaine prochaine. Il me tarde de t'y retrouver. Amitiés. Teddy Lichtman.* »

Faut que je pense à appeler Bob pour lui dire que Teddy Lichtman est de retour.

FIN

Printed by Amazon Italia Logistica S.r.l.
Torrazza Piemonte (TO), Italy

39210035R00148